EN VÉRITÉ, ALICE

DE LA MÊME AUTEURE

CHEZ SABINE WESPIESER ÉDITEUR

L'AMI
2021 ; Points, 2022

ROISSY
2018 ; Points, 2019

CHEZ D'AUTRES ÉDITEURS

ISABELLE EBERHARDT, UN DESTIN DANS L'ISLAM
Tallandier, 2016

COMME UNE IMAGE
Éditions des Busclats, 2015

À TABLE !
Le seuil, 2008

LA MENACE DES MIROIRS
Le Cherche Midi, 2006

HOLY LOLA
(avec Dominique Sampiero), Grasset, 2004

À BRAS LE CORPS
Flammarion, 2003

L'HOMME BLANC
Flammarion, 2000 ; Points, 2001

DANS LA NUIT AUSSI LE CIEL
Paroles d'aube, 1999 ; Points, 2000

TIFFANY TAVERNIER

EN VÉRITÉ, ALICE

roman

deuxième tirage

SABINE WESPIESER ÉDITEUR
13, RUE DE L'ABBÉ-GRÉGOIRE, PARIS VI
2024

Monologue 1

Qu'est-ce qui m'a pris, aussi, de reculer dans la cuisine ? Qui ne sait pas ça ? Mouillés, les carreaux, ça glisse ! Pourquoi n'avoir pas choisi le salon ? Sur le tapis, jamais je ne serais tombée, mais non, il a fallu, une fois de plus, que je fasse le mauvais choix, et maintenant, cette médecin, à l'hôpital, en train de palper mon bras après six heures passées dans ce foutu couloir des urgences.

« Alice Fogère, oui, vingt-neuf ans. En couple, depuis cinq ans. »

Cette médecin, le flot ininterrompu de ses questions alors que je voudrais lui demander des nouvelles de la petite vieille arrivée en sang tout à l'heure, celle que le mec a poussée dans les escaliers du métro – pour rire à ce qu'il paraît ! –, de ses hurlements qui cognent encore dans ma tête, de ma faute, ça aussi, je veux dire, de m'être retrouvée là, dans ce couloir, au milieu de toute cette douleur. Le salon, juste sur ma droite pourtant, mais non, il a fallu que j'opte pour la cuisine et sur le carrelage tout juste lavé, paf, bien évidemment !

« Aucun enfant, non. »

Juste au moment où il a le plus besoin de moi. Cette attelle, à présent, que cette médecin me désigne en me parlant de luxation au coude et de trois semaines « au minimum » d'immobilisation.

Je la regarde anéantie. Trois semaines ?! Mais qui va les faire, les cartons ? Parce qu'on part s'installer à Paris, nous. Voilà plus d'un mois que mon compagnon ne dort plus. Tout ça à cause de son boss, de ses collègues aussi… Cette médecin, sa voix très douce :

« Vous dites que vous avez reculé, mais devant qui, devant quoi ? »

N'est-elle pas là pour mon coude ? Pourquoi cette question alors, cette question lancinante à laquelle, à force, je n'ai plus envie de répondre, il m'aime si fort, nous nous aimons si fort.

« Moins une, c'était la tête qui prenait, non ? Et là, qu'est-ce qui… »

« Madame, je vous ai posé une question. »

Mais comment parler de ce saccage en lui, ce saccage qui, par moments, le rend fou et qu'au lieu de fuir j'aurais dû embrasser.

« Madame… »

Ne devrait-elle pas plutôt courir au chevet de cette petite vieille ? Tout est si simple pourtant. Mais elle est comme eux tous. Même mes amis ont refusé de me comprendre, tous mes amis avec lesquels j'ai fini par rompre. À quoi bon fréquenter des gens méchants ? Et maintenant, elle, cette médecin, hochant la tête sans croire un traître mot de ce que je lui raconte, comme si une telle qualité d'union ne pouvait pas exister entre deux êtres, comme si elle tenait de l'impensable, jusqu'à ma mère, l'autre jour, persuadée qu'il finirait par me tuer. Il a raison là encore, elle est toxique, je vais devoir très vite me couper d'elle. Nous nous aimons si fort, pourquoi cet acharnement à démolir notre union, n'y a-t-il pas assez de désespoir dans le monde ? Pourquoi ai-je reculé aussi ? Et maintenant, mon coude qui a triplé de volume. Pour une fois que je pouvais me rendre utile. Qu'est-ce qu'il va dire pour les cartons ?

Chapitre 1

Dieu.

Dans sa minuscule cellule de bois, Martin voudrait ne plus bouger, rester jour après nuit, agenouillé dans cette union, sans plus manger ni boire, jusqu'à la fin. Partout ailleurs, le monde est si blessé. Pourquoi s'y frotter quand tout, ici, le comble de silence et de lumière ?

Dieu.

Se tenir là, debout, des jours entiers en prière, comme sur sa petite île de Gallinara. Souverainement seul. Parfaitement relié.

Il tremble. Il rit. Des larmes d'amour ruissellent le long de ses joues et, à le voir si irradiant, on pourrait le croire fou. Il est si large de présence. Si vaste de sérénité.

Il flotte à présent. Il flotte à l'intérieur de la minuscule cellule de bois qui, sous ses pieds, devient le ciel. Du fin fond de son être, Martin ne voudrait plus connaître que cela : ce seul à seul où, brisé, le cœur de l'homme s'élève jusqu'à l'ultime cercle. Mais Dieu a voulu que, par ruse, les hommes l'élèvent au rang d'évêque, lui qui, depuis sa prime enfance, ne rêve qu'à être un moinillon.

Dieu.

Lors, sortant de sa cellule, il va. Et, à sa vue, tous l'acclament, certains allant jusqu'à baiser ses mains. Il a déjà guéri un si grand nombre.

Fendant leur foule, Martin baisse les yeux pour ne pas montrer ses larmes. Leur désespoir est si grand. Marcher parmi eux, c'est comme marcher à travers un champ d'aiguilles rougies par le feu. Comme tout eût été plus simple, se faire oublier d'eux, disparaître dans les profondeurs d'une grotte ou sur le sommet de quelque haute montagne. Mais Dieu, dans sa prière, lui a demandé de les rejoindre et Martin, entrant en lui-même, a consenti. Oui, il les initiera au mystère de la triple lumière et à celui du monde séraphique qui, avec une ardeur bouillonnante, Le contemple, Lui, l'Ineffable, l'Indescriptible, l'Inconnaissable, l'Inaccessible. Oui, il sera leur évêque.

*

Au sixième étage de leur nouveau petit deux-pièces, Alice ne sait rien de cette histoire. Tout au plus que Martin aurait embrassé un lépreux il y a mille sept cents ans. Mais qu'est-ce qu'un lépreux pour une fille du XXIe siècle ? Cela n'a pas de représentation. Non, Martin ne fait pas partie de son existence ou alors pour faire rire le postier du petit bourg de M. Quelle drôle de coïncidence tout de même : partir de la rue Saint-Martin de M. pour se retrouver rue Saint-Martin à Paris ! À coup sûr, ceux du « bureau » y verraient un signe. Quel signe ? Alice ne le sait pas. À l'heure qu'il est, elle ne connaît même pas l'existence du bureau.

Dans sa réalité, l'univers est un vide où, faute de frottements, les plumes et les pierres tombent à la même vitesse. Un vide qui ne fait jamais signe et auquel Alice, devant la dernière pile de cartons à descendre, ne pense pas. Pas plus à ce drôle de hasard qui, sur le coup, l'avait fait sourire. Elle doit s'occuper de tant de choses depuis son emménagement : poncer, lisser, repeindre les murs, poser les carreaux, choisir un frigo, installer le wi-fi... Par chance, son coude a retrouvé toute sa mobilité. Elle doit faire attention toutefois. Hier, la douleur l'a lancée si fort qu'elle a dû s'arrêter pour aller s'acheter des glaçons.

Dans la rue, il y avait tant de monde qu'elle a failli rebrousser chemin. Pour lui, bien sûr, c'est plus facile : Paris, il y est né. Alice, non, et, après ces cinq années de vie à M. avec lui, la moindre agitation la perturbe.

Dans leur maison, là-bas, il n'y avait qu'eux deux. Chaque jour, après son départ, elle partait marcher en forêt, puis elle faisait les courses et, jusqu'à son retour, elle bricolait et préparait le repas. Tout était concentré. Silencieux. Fluide. Au fil des mois, ses crises avaient diminué, il avait même repris du poids et arrêté l'alcool. Bien sûr, il y avait parfois encore des moments difficiles, particulièrement ces dernières semaines, à cause de l'arrivée de ce nouveau boss, mais, là encore, elle était parvenue à l'apaiser. Dans la casserole, le lait, soudain, déborde. D'un geste rapide, Alice éteint le feu. Avant, elle aimait la présence des gens, pourtant. Mais c'était du temps de Geoffrey. Elle est tellement plus heureuse aujourd'hui.

Malgré tout, elle appréhende le moment où les travaux seront terminés. L'appartement est si petit, qu'est-ce qu'elle va faire de ses journées ? Alice se mord la lèvre. Après tout ce qu'il a fait pour elle, comment ose-t-elle se laisser aller à de telles pensées ? Certes, ce deux-pièces n'est pas bien grand, mais il est si bien situé. Le flair qu'il avait eu de garder le contact avec cette Émilie, une ancienne de sa promo, parce que s'il avait dû compter sur elle…

« Même pas foutue de gagner ta vie.

– Mais, c'est toi qui…

– Merde, Alice, je ne te demande pas grand-chose, un simple merci, mais non, c'est trop pour toi. Comme si, avec ce nouveau job, je n'avais pas une pression maximale sur les épaules. »

Alice sait qu'il a raison. Ce soir, pour la peine, elle lui concoctera son repas préféré. Quant à la suite, elle finira bien par trouver ses marques.

Les premiers jours, dans les rues, à Paris, elle gardait si obstinément les yeux baissés qu'il lui fallut près d'une semaine pour s'apercevoir qu'il y avait une église dans le renfoncement. Ce jour-là, le stress d'Alice était au maximum. Partout autour d'elle, les voitures klaxonnaient, les vélos fonçaient. Pourquoi ne pas y entrer quelques minutes pour souffler ?

À l'intérieur, l'épaisseur du silence l'avait aussitôt conquise. Alice s'était assise au dernier rang et, pendant un long moment, elle avait fermé les yeux. Ici, c'était comme de se retrouver à M. avec lui. Quand ils vivaient collés. En suspension presque. Hors d'atteinte du monde. Parfaitement reliés.

Le chant des anges, elle ne le connaît pas,
mais la splendeur du monde, elle la réclame.

Avant lui, sa vie était comme floue. Dans ses rêves, elle errait à travers d'interminables paysages de toundra où seuls de rares oiseaux captaient son regard. L'herbe, sous ses pieds, était d'un vert puissant. Tout le reste était gris. Il n'y avait pas d'humains, pas de villages. Juste elle et des oiseaux perdus comme elle.

Grâce à lui, elle avait su mettre fin à cette errance aveugle, mais après combien de mois de caresses et d'encerclement ?

Dans l'église, Alice se lève. Demain, elle reviendra. Il fait si bon, ici. Ce soir, pour autant, elle ne le lui dira pas. Ce sera son secret. Elle en rit tout à coup. Pas plus qu'elle, il ne croit en Dieu. Il ne comprendrait pas.

Elle longe les alcôves de plusieurs saints dont elle découvre les noms : saint Nicolas des Champs, sainte Geneviève, sainte Cécile, sainte Louise de Marillac, saint Vincent de Paul, saint Martin, puis, face au chœur, elle se retourne et découvre l'orgue. Elle regrette, tout à coup, de n'avoir pas appris à en jouer, s'imagine, là-haut, en train de faire exploser les notes. Cette chance qu'elle a de vivre une aussi belle histoire. Tout ne peut que bien se passer, comment a-t-elle pu en douter ? Bientôt, elle sera aussi heureuse qu'à M.

Elle pousse la lourde porte, s'engouffre dans la lumière en dévalant les marches. Vite, elle doit atteindre le Monoprix dans moins de cinq minutes ou il va angoisser. Après tout ce que ses parents lui ont fait subir, il a si fort besoin d'être rassuré. Alice aimerait pouvoir les faire revenir pour leur balancer à la figure leurs quatre vérités. Quand, certaines nuits, elle le regarde dormir, c'est comme si elle devinait sur son corps les stigmates des coups qu'ils lui ont infligés, enfant. Parfois, elle les perçoit si nettement qu'elle en pleure. Mais assez de ces horreurs. Avant le quart, elle doit rejoindre le Monoprix, se prendre en *selfie* devant, lui envoyer la photo, répondre à son appel, lui dire qu'elle l'aime, sans oublier de cliquer sur le *smiley* sourire et les trois cœurs. Puis elle doit faire les courses, revenir à l'appart, gravir les six étages, répondre, à la demie, à son dernier appel, lui renvoyer un *selfie* et lui redire qu'elle l'aime, en espérant, cette fois-ci, qu'il sera de bonne humeur. Il se montre si tendu ces derniers jours. Est-ce à cause de son nouveau travail ? Alice n'a pas osé le questionner.

À l'époque, sur le campus, toutes les filles fantasmaient sur lui. Parmi elles toutes, c'est elle, pourtant, qu'il avait choisie. Elle le revoit encore traverser cette rue pour se déclarer. Un prodige qu'elle ne s'explique toujours pas. Sur le coup, elle l'avait jeté. Geoffrey venait de la quitter, elle était au plus mal. Il n'avait rien lâché pour autant, au point même de la rendre suspicieuse. Que voulait-il, au juste ? Et pourquoi cet entêtement à vouloir la conquérir quand il pouvait s'offrir toutes les filles les plus sexy de l'université ? Avec une patience infinie, il était parvenu à se faire accepter d'elle. Cela avait pris du temps. Beaucoup de temps. Jour après jour, il lui avait confié la violence subie, enfant : les douches glacées au milieu de la nuit, les insultes, les coups de fouet, les brûlures avec le fer à repasser, les enfermements de plusieurs jours à la cave. Devant de telles horreurs, Alice avait frémi. Malgré tout, elle était restée sur ses gardes. Il la connaissait si peu. D'où lui accordait-il une si grande confiance ? Il n'en revenait pas lui-même. Il lui avait suffi de la voir pour que tout s'ouvre en lui. Avant elle, il ne s'était jamais confié à personne. Elle était la première. Elle serait la seule.

Sa ténacité avait fini par avoir raison d'Alice. Pour la première fois de sa vie, quelqu'un l'attendait. Elle en était bouleversée.

Était-ce parce que sa mère n'avait jamais connu un tel degré d'amour qu'elle s'évertuait, depuis toutes ces années, à dénigrer la relation d'Alice ou parce que sa mère était foncièrement incapable d'être heureuse ? Alice n'arrive pas à savoir. Avec sa mère, les choses n'ont jamais été faciles.

Un bruit de pas dans l'escalier. Lui, déjà ? Vite, elle court l'embrasser. Il la repousse, crispé.

« C'est quoi, ces poubelles, sur le palier ?

– Je… j'allais les descendre.

– C'est ça, tu allais ! »

Ne pas chercher à se justifier, cela l'énerverait davantage. Attendre le plus silencieusement possible que la crise passe. Quelle idiote aussi. Elle sait à quel point il ne supporte pas les mauvaises odeurs.

Le front plissé, il marche de long en large dans le salon.

« Il va falloir que tu trouves un boulot, Alice. »

Un boulot ? Mais le bébé ? Et puis où, un boulot ? Il se rapproche d'elle.

« Les vacances, c'est fini.

– Mais …

– Y'a pas de mais et, putain, regarde-moi quand je te parle. »

Il sent l'alcool. Il le lui avait promis pourtant. Ne pas bouger. Encore moins réagir.

« Tu vas faire comme je te dis, compris ? »

Elle fait oui de la tête. Il lui saisit la nuque.

« J'ai pas entendu. »

Elle lâche un oui faible.

« Oui qui ?

– Oui, mon amour. »

Il la relâche.

« Demain, tu t'inscris à l'ANPE, tu te démerdes, tu trouves. Et arrête de faire cette tête. Tu es ma fée, Alice, je n'aime personne d'autre plus que toi. Allez, viens, embrasse-moi. Ces connards m'ont menti sur toute la ligne, leurs stock-options valent que dalle. Non, ne dis rien. Tu ne comprendrais pas. Embrasse-moi, plutôt. Putain, ce que t'es bandante dans cette robe. Dommage que tes cheveux soient décoiffés. Allez, sèche tes larmes, viens dans la chambre, c'est moi qui ai besoin d'être consolé, pas toi. Viens que je te prenne. »

Chapitre 2

Une semaine déjà.

Recroquevillée sur le lit, Alice, les yeux grands ouverts, ne bouge pas. Sortir de l'appartement, se détacher de lui ? Et les travaux ? La livraison du four ? Les courses ? L'enfant ?

Hier, elle a paniqué si fort qu'elle a appelé sa mère pour lui demander de l'argent. Sa mère qui a ri en entendant la nouvelle. Alice en est restée bouche bée.

Cette joie des autres à l'endroit du saccage.

Mais il est intelligent. Il va finir par comprendre. Elle a si peu confiance en elle. Seulement, les jours passent et, chaque soir, il recommence.

« Alors, t'as trouvé ? »

Elle secoue la tête.

« Tu te fous de moi, là ?

– Je te jure… c'est juste que… »

Il frappe le mur de son poing.

« Que quoi ? »

Tous ces meurtres à la télé ; n'y a-t-il pas une autre issue ? Ils étaient si heureux ensemble. Pourquoi l'obliger à revenir dans le monde ? N'est-ce pas lui qui lui avait demandé de tout arrêter ?

À l'époque, elle était en première année de master 2 en droit et travaillait dans une boutique de vêtements les week-ends, comme vendeuse. Très vite, cependant, il lui proposa de le suivre en lui parlant de ce poste de business management qu'une grosse boîte d'assurances lui offrait à M. Sur place, il avait déniché une maison qui nécessitait pas mal de travaux. Pourquoi ne pas mettre à profit son talent de bricoleuse plutôt que de s'enliser dans ces études qui ne lui plaisaient pas ? Une fois dans la maison, elle aurait tout le temps de penser à une nouvelle orientation. De plus, l'air de la campagne lui ferait du bien.

Sa mère avait eu beau la supplier, Alice n'avait pas hésité. Depuis près de deux mois, elle séchait pratiquement tous les cours. Était-ce à cause de sa rupture avec Geoffrey ? À cause de Valentine, sa petite sœur, qui venait de lui annoncer qu'elle partait vivre avec leur père là-bas ? Toujours est-il qu'Alice avait dit oui.

À M., six mois durant, elle s'était démenée, transformant peu à peu ce « taudis » en un espace lumineux. Après quoi, elle n'avait plus cherché à étudier. Repartir, une fois de plus, de zéro, pourquoi ? Et dans quelle branche ? Après ses trois années de prépa qui n'avaient abouti à rien – elle avait raté deux fois de suite le concours de véto – et cette fausse route en fac de droit, Alice était usée. À quoi bon s'acharner quand, pour la première fois de sa vie, elle avait l'impression de construire quelque chose ?

Sa mère s'était écriée que ce n'était pas possible, qu'elle allait finir par trouver une voie qui lui corresponde, qu'elle devait, coûte que coûte, poursuivre ses études. Alice, fatiguée, avait juste souri.

Et maintenant cette boule dans son ventre à la seule idée de prendre le métro pour chercher du boulot tandis que, dans la chambre, il la traite de « princesse ». Comme s'il méritait ça. Lui qui, depuis toutes ces années, sacrifie tout pour elle alors qu'elle, de son côté, quoi, sinon ces deux fausses couches ? L'a-t-il quittée pour autant ? S'est-il barré avec une autre ? Les demandes pleuvent, il le pourrait. Mais non, par amour pour elle, il reste. Seulement, ce soir, sa patience est à bout.

« Ce job, tu dois le trouver. Je vais craquer, sinon. »

Dans la chambre, l'argument porte. Elle s'approche de lui. Il se blottit contre elle et se met à chialer au creux de son épaule comme un gosse.

« Quand est-ce que tu comprendras que je fais tout pour toi ? »

Elle se sent si mal tout à coup. Elle caresse son visage, elle lui demande pardon. Demain, elle le lui jure, elle fera tout pour trouver quelque chose. Elle trouvera.

Son amour la revêt de pierres précieuses,
sa bouche luit comme un diamant.

Dans le bureau exigu, la conseillère Pôle emploi la sonde, intriguée.

« Je n'ai rien sur les cinq dernières années, c'est normal ? »

La société n'aime pas les trous. Alice avait presque oublié.

« Je n'ai pas travaillé.

– Vous avez étudié ?

– Non.

– Mais… vous avez fait quoi ? »

Par amour pour lui, elle a quitté le monde, seulement comment dire une chose pareille ?

« Vous avez été malade ?

– Non, c'est… J'ai juste vécu avec quelqu'un. »

La femme lâche un soupir. Elle parcourt à nouveau des yeux le CV d'Alice, s'arrête sur une ligne.

« Des études de droit, après avoir tenté véto ?

– C'est que… après deux échecs, on n'a plus le droit de se présenter…

– J'entends bien, mais pourquoi le droit ? »

Alice se met à rougir violemment. Ce manque d'assurance en elle.

« Vous savez, je cherche juste un travail, n'importe lequel, du moment que je touche le SMIC. »

La conseillère fronce les sourcils.

« Avec vos qualifications, ce serait du gâchis. Nous proposons beaucoup de formations, vous savez ?

– Oui, mais là, c'est urgent. »

La femme hausse les épaules.

« Bon… »

Elle se met à pianoter sur son ordinateur.

« En restauration, ils sont en sous-effectif en ce moment.

– Vous n'auriez pas quelque chose avec moins de monde ? Dans un bureau, par exemple ?

– Vous faites de l'agoraphobie ?

– Non, c'est juste qu'il… »

La conseillère tique.

« Il… ? »

De la savoir au milieu de tant de gens, il ne le supporterait pas. Mais, là encore, comment dire une chose pareille.

« Oui ? »

La patience de cette femme. Alice baisse la tête.

« Pardon, je suis stressée, je m'embrouille. »

La conseillère la considère avec indulgence.

« Quand vous parliez de bureau, vous pensiez à un poste d'assistante, c'est cela ? »

Tout s'allège en elle.

« Vous auriez ça ?

– Oui, mais ce sont des postes assez demandés. Bon, écoutez, voilà ce que je vous propose. Une fois de retour chez vous, vous vous connectez sur notre site et vous regardez les offres qui vous intéressent, entendu ? »

Dehors, Alice se met doucement à pleurer. Pourquoi du droit, qu'est-ce qu'elle en sait ? Même véto, elle n'était pas certaine. Tout glisse depuis si longtemps sur elle. Comment va-t-elle faire ? Tant de filles plus entreprenantes, plus efficaces qu'elle. Cette Émilie, par exemple, partie aux USA et dont il n'arrête pas de lui parler… D'un geste maladroit, elle essuie ses larmes. Si elle veut le garder, elle n'a pas le choix. Elle doit trouver quelque chose.

Il l'aime tant.

Chapitre 3

Vous êtes particulièrement à l'aise avec les outils informatiques Word (publipostage) et Excel. Vous possédez un très bon relationnel et un véritable esprit d'équipe. Vos missions : planifier, organiser les réunions, les groupes de travail, les séminaires. De formation Bac +2 minimum, vous disposez d'au moins deux années d'expérience dans un poste équivalent. Avantages : participation au transport. Salaire 25 500 € à 30 000 € par an. Réf. : XF-187456.

Vous êtes issu(e) d'une formation BAC +2 minimum de type « Assistant Manager », vous justifiez d'une expérience de deux à quatre années minimum dans la même fonction. Périodes de travail de 8 heures. Travail en journée. Repos le week-end. Salaire 20 000 € à 22 500 € par an. Référence : UP-1853098-45527

Véritable couteau suisse et désireux(euse) de découvrir le domaine du conseil, vous êtes organisé(e), méthodique et vous avez le goût du travail bien fait. Vous avez une première expérience validée dans un poste administratif de cinq ans minimum. Vous êtes attiré(e) par le secteur du BTP, cette offre est pour vous ! Référence de l'offre : XB-3467/098

*

23 heures. Voilà plus de six heures qu'Alice parcourt toutes les offres d'assistante et rien, aucune embauche possible sans attester, au minimum, de deux années d'expérience dans le même secteur… Et elle qui voulait lui faire une surprise.

Le cœur gros, elle referme son ordinateur et s'allonge sur le lit. Pour la première fois depuis qu'ils sont à Paris, il lui a fait faux bond ce soir. « J'ai rencontré d'anciens potes de ma promo, ne m'attends pas. » Pourquoi ne lui a-t-il pas proposé de les rejoindre ?

Un bruit de clef dans la serrure. Elle bondit pour lui ouvrir la porte. Ce sourire qu'il affiche. Il retire, l'air triomphal, un petit paquet de sa poche.

« Tiens, un cadeau. Pour toi. »

Elle le saisit le cœur battant. C'est un collier de perles avec, pour pendentif, un joli cœur en métal argenté.

« Tu l'aimes ? »

Elle fait oui de la tête. Il lui sourit.

« Eh ben qu'est-ce que t'attends, mets-le. »

Elle file l'accrocher devant le miroir de la salle de bains. Il arrive par-derrière, l'embrasse avec douceur.

« Il te va à merveille. »

Elle se tourne vers lui, rouge de plaisir.

« Merci.

– Tu es mon trésor, Alice. »

Il la prend dans ses bras, il continue de lui sourire.

« Alors, ta recherche ? «

Cette chaleur dans sa voix. Elle ne doit pas angoisser.

« … C'est compliqué. »

Cette micro-tension dans sa mâchoire.

« Compliqué ?

– J'ai parcouru deux cents annonces et je n'ai pas les qualifications requises. »

Il s'arrête net de sourire.

« Tu déconnes, là ?

– Non, je te jure. Ils veulent tous quelqu'un avec de l'expérience. »

Tout son visage se tend.

« Ils ? Qui, ils ?

– Ben… les boîtes, les employeurs.

– N'essaie pas de m'embrouiller, Alice. »

Ne pas penser à la crise.

« En revanche, il y a plein d'offres pour être serveuse.

– Serveuse ? Non mais c'est quoi, ce délire !

– C'est la conseillère de l'ANPE qui…

– Putain, mais j'en ai rien à cirer de cette bonne femme. Comme si, à ton âge, ils allaient t'embaucher ! Ils veulent des petites putes de vingt ans, Alice ! Des petites jouisseuses qui se promènent en dandinant du cul ! Plus jamais tu me parles de ça !

– Sinon, il y a vendeuse aussi…

– Vendeuse maintenant ! Et c'est tout ce que t'as trouvé ?

– Ce serait juste en attendant, après je…

– Attends, je passe pour qui, moi, là-dedans ? Ta mère qui déjà ne m'aime pas, je lui dis quoi ?

– Ben je… »

Il se met à gueuler dans tout l'appartement.

« Tu es ma femme, Alice, et ma femme a un métier décent ! »

Dans le salon, il va et vient. Criant. Gesticulant. Combien de temps avant que la fatigue ait raison de lui ? Il y a des années, Valentine, sa petite sœur, hurlait elle aussi. Cassant tout dans la maison. Sa petite sœur à laquelle Alice n'aime pas penser. Tout ce mal qu'elle lui a fait.

Incapable de trouver le sommeil, Alice se lève en pleine nuit. Sur son portable, elle parcourt des yeux le fil d'actu Google. Ukraine : un soldat d'à peine vingt ans, en pleurs, le récit haché de son bataillon décimé en moins de trois heures. / Afghanistan : les parcs et les jardins interdits d'accès aux femmes. / Suède : nouveaux cas d'enfants endormis. Tous, des enfants de migrants. À leur chevet, des psychiatres tentent de comprendre. / France : signature de l'accord mettant fin, dès le 1er janvier prochain, à la pratique du broyage des poussins mâles, soit environ cinquante millions d'animaux par an.

Dans la pénombre, elle ouvre la fenêtre. Pourquoi faut-il qu'elle échoue dans tout ce qu'elle entreprend ? Au point que tous finissent par l'abandonner : son père, sa petite sœur, Geoffrey, lui, sans doute, bientôt.

Si pure pourtant sa volonté de combler. D'illuminer.

Les jours suivants, Alice parcourt plus de six cents nouvelles annonces. Mais soit elle n'a pas assez d'expérience, soit elle n'a pas la maîtrise des logiciels, soit le poste est déjà pris.

De son côté, il rentre de plus en plus tard.

Et s'il n'y avait qu'obscurité
Si la vie n'était vouée qu'à cette chute sans fin ?

*

« Excusez-moi, vous êtes là pour le chapelet ? »

Sur sa chaise, Alice sursaute.

« Le… quoi ? »

La jeune femme qui lui fait face, les yeux noisette, rieurs, réitère sa question. Alice secoue la tête en rougissant. La jeune femme lui adresse un beau sourire.

« Je ne voulais pas vous ennuyer, mais comme cela fait plusieurs fois que je vous vois dans l'église, je me suis permis, vous comprenez ? »

Alice acquiesce, gênée.

« Au cas où vous changez d'avis, on commence dans une minute et nous sommes dans la chapelle de la Vierge, là, juste à droite.

– D'accord. »

Alors que la fille s'éloigne, Alice part d'un fou rire nerveux. Comme si elle pouvait faire partie de… À quelques mètres, la fille, entourée d'un petit groupe, pénètre dans la chapelle. Alice en voit certains s'asseoir, d'autres s'agenouiller. La fille, à cet instant, croise son regard et lui fait signe d'approcher. Rouge vif, Alice détourne les yeux et s'apprête à se lever quand l'un d'eux entame, à haute voix, un *Notre Père,* puis, un *Je vous salue Marie*, repris par tous les autres en chœur. Leur mélopée est si parfaite qu'Alice n'ose plus bouger. Seulement, là-bas, la fille ne cesse de lui adresser des sourires encourageants. À coup sûr, dans moins d'une minute, elle revient à la charge. Alice embrasse l'église du regard à la recherche d'une occupation, n'importe laquelle, quand ses yeux tombent sur une revue, là, sur une chaise voisine. Elle la saisit et, faisant semblant d'être happée par sa lecture, se met à en tourner les pages. *Prendre soin de son âme avec saint Benoît. Renouveler la grâce de son baptême. Redonnons confiance aux catéchistes.* À la toute dernière page, une petite annonce…

Urgent – L'Association diocésaine de Paris recrute un(e) assistant(e) pour le promotorat des causes des saints. Sa mission : vous aurez la responsabilité du classement des pièces de procédure (informatique et sous forme papier), du suivi des causes et du calendrier des étapes. Vous maîtrisez les logiciels Word, Excel, Outlook. Vous êtes reconnu(e) pour votre sens de l'organisation, votre sens de l'écoute. Vous avez un réel souci de discrétion. Merci d'appeler le 07 48…

Chapitre 4

Dans la rue, Alice raccroche, médusée. Au numéro indiqué, une femme lui a demandé si elle pouvait se rendre au 6 rue du Cloître-Notre-Dame dans une heure.

« Je vous donnerai, alors, toutes les précisions. »

Coup de bol, Alice n'est pas loin. En se dépêchant, elle aura même le temps de faire les courses. À la vitesse grand V, elle file vers le Monop, balance dans son panier, les œufs, le jambon, les pommes de terre. À la sortie, elle se prend en *selfie* et, tout en courant, lui envoie ses trois cœurs. Dans l'appartement, elle balance les courses dans le frigo, puis, sans même prendre le temps de se recoiffer, elle dégringole l'escalier et, suivant les indications de Google Maps, fonce vers le pont d'Arcole, traverse le quai aux Fleurs, pour enfin tomber, un peu plus loin à gauche, sur la rue du Cloître-Notre-Dame, qu'elle emprunte au pas de course jusqu'à ces deux ravissants petits hôtels particuliers qui, ensemble, portent le numéro 6. Suivant les instructions, elle appuie sur le bouton « chancellerie ». Une voix très agréable lui ouvre la porte en lui lançant un joyeux « Bonjour ! ». Intimidée, Alice s'avance. Sourire aux lèvres, une femme très élancée, la cinquantaine, d'allure austère et chic, l'accueille, en haut des quelques marches.

« Vous êtes Alice, n'est-ce pas ? »

La femme lui tend la main.

« Isabelle de la Motte de la Margerie. Allons dans mon bureau, ce sera plus confortable pour se parler. »

La pièce n'est pas bien grande et elle est investie par des piles de dossiers. La femme lui tend un café, sourire aux lèvres.

« C'est moi qui ai eu l'idée de faire paraître l'annonce dans le journal *Paris Notre-Dame*. Une façon d'atteindre directement la cible et d'éviter ainsi tout un tas de questions embarrassantes… Vous êtes abonnée depuis longtemps ? »

Alice la regarde sans comprendre.

« Abonnée… ?

– Eh bien, au journal *Paris Notre-Dame*. »

Le cœur d'Alice bat violemment.

« Je… depuis environ… six mois.

– Formidable. Et dans quelle paroisse allez-vous ?

– Celle… de la rue Saint-Martin…

– À Saint-Nicolas-des-Champs ? »

Alice opine de plus en plus mal à l'aise.

« Vous connaissez le père Graby, alors ?

– C'est que… je viens tout juste d'arriver à Paris.

– Un curé adorable, vous verrez. Et vous arrivez d'où ?

– De Rennes.

– Vous êtes bretonne ?

– Non, j'ai juste étudié là-bas. Mes parents sont de Tours, mais, moi, je suis née au Guatemala.

– Au Guatemala ? »

Cela fait si longtemps qu'Alice n'a pas prononcé le nom de ce pays. Une image jaillit : une plage de sable noir. La lumière est aveuglante. Elle marche pieds nus.

« Vous avez de la famille là-bas ? »

Les rouleaux si puissants des vagues, cette voix, au loin, qui l'appelle…

« Mes parents y ont travaillé quelques années. Mon père y est toujours, d'ailleurs. J'y suis restée jusqu'à mes dix ans. »

Le choc qu'elle avait ressenti à son arrivée, en France.

« Vous parlez l'espagnol, alors ?

– J'ai tout oublié. »

Combien de mois avait-elle espéré un retour ?

« Parlons de vos études.

– J'ai fait trois années de prépa scientifique, et là, je suis en master 2 en droit...

– Des études de droit, mais c'est parfait, ça. Et vous seriez libre quand ? »

Ne pas montrer l'étonnement qui monte.

« Euh… là, tout de suite, mais quelle sera ma mission exactement ?

– Sur ce chapitre, je préfère laisser monseigneur Berthet vous l'expliquer. »

Alice a comme un arrêt. Monseigneur ? La femme éclate de rire.

« Je comprends votre étonnement, mais figurez-vous que notre chancelier a été récemment nommé prélat de Sa Sainteté ! Et comme il aime cumuler les postes… »

Elle se tourne vers une porte et se met, soudain, à parler très fort.

« N'est-ce pas que vous aimez cumuler, monseigneur ? Et qu'en plus de tous vos mandats, vous êtes absolument ravi d'avoir été nommé promoteur des causes des saints ? »

Une voix masculine, très grave, répond en tonnant.

« Ah, taisez-vous ! Quel cauchemar ! »

La femme, enchantée, se tourne vers Alice.

« Vous l'aurez compris, il trouve le job parfaitement ennuyeux ! Mais bon, il n'a pas eu le choix. »

Alice, de plus en plus perdue, acquiesce. La femme se met à rire.

« Je vois que cela vous impressionne, mais, soyez rassurée, il ne mord pas. »

Elle se tourne, à nouveau, vers la porte.

« C'est pour le poste à pourvoir aux causes des saints. J'ai une jeune femme dans mon bureau, elle a fait des études de droit et elle a un bagage scientifique…

– Fort bien ! Fort bien ! Faites-la entrer ! »

La femme se tourne vers Alice qui a viré pâle.

« Allons, allons, pas de stress. Je suis certaine que tout va bien se passer. »

Assis derrière un grand bureau, l'homme qui lui fait face, soixante-cinq ans environ, en impose d'emblée, par l'acuité et l'autorité de son regard. Il est vêtu d'un habit sombre et, comme les prêtres, il porte un col romain. Sans lever les yeux, il lui désigne la chaise.

« Eh bien, eh bien, ne restez pas debout comme ça. Fermez la porte et asseyez-vous. Comment vous appelez-vous, mon petit ? »

Mon petit ?

« Alice… Alice Fogère. »

Il lève enfin ses yeux sur elle.

« Parfait. Vous m'excuserez de ne pas m'être levé, j'ai un souci à la jambe. Vous connaissez un peu le promotorat des causes des saints ? »

Cette étincelle d'intelligence.

« … Pour être franche, de loin. »

Il se met à sourire.

« À votre âge, le contraire m'eût étonné et, entre nous, je préfère votre réponse à celles qu'on m'a servies hier et avant-hier ! »

Et elle qui pensait être la seule sur le coup.

« Si vous saviez le nombre d'illuminés qui rappliquent à la seule mention du mot “saint”. Je constate que vous ne faites pas partie de cette cohorte et c'est tant mieux. Parce qu'autant être franc avec vous : des saints, ici, vous n'en verrez pas. Quant aux causes parisiennes susceptibles de vous êtes amenées. Si vous avez cette chance, il s'agira d'un miracle, mon petit.

– Un… miracle ?

– Avec tous ces scandales… »

Il se lève, s'avance vers elle en boitant.

« Mais revenons à nos moutons. Qu'est-ce qui vous attire dans ce travail ? »

Broder. De toutes les façons, elle ne comprend rien.

« Eh bien… comme j'ai fait du droit, le côté procédure, par exemple, et puis… je suis très organisée… J'aime beaucoup classer par exemple.

– Classer ? Vous aimez cela ? Vraiment ? »

Il a froncé des sourcils. C'est mort. Elle n'aura pas le job.

« J'aime bien… oui.

– Pour ma part, je déteste cela. Mais si Dieu m'a mis là, c'est qu'Il a ses raisons, n'est-ce pas ? »

Nouvelle stupeur d'Alice.

« Sachez qu'après trois longs congés maladie, votre prédécesseur a tout laissé en vrac. Si vous acceptez le poste, vous aurez un énorme travail de classement. Vous devrez également m'épauler dans le suivi des causes, aider les notaires à préparer les sessions, par exemple… »

Alice hoche la tête en essayant de ne rien laisser paraître de son désarroi. Sessions, notaires… De quoi est-ce qu'il parle ?

« À ce poste, bien sûr, vous deviendrez l'interlocuteur privilégié des postulateurs et des officiers d'enquête. Il s'agira de ne pas vous faire marcher dessus. Êtes-vous prête à cela ? »

Alice, dépassée, opine.

« Ah ! J'oubliais le principal ! Nous parlons ici d'un CDI, 35 heures par semaine, 2500 euros brut par mois. Vous commencez tous les matins à 9 heures. »

Le cœur d'Alice bondit. Un CDI. 2500 euros brut !

« Alors c'est… d'accord… Vous me prenez ?

– Lundi prochain, c'est possible ? Cela vous laissera le temps de lire votre contrat et de régler la paperasse avec Isabelle. Qu'en dites-vous ?

– Eh bien… oui.

– Magnifique ! »

Il lui serre la main avec chaleur.

« Merci, mon petit. Je suis certain que vous allez faire du bon boulot. »

Il ouvre la porte.

« Vous avez gagné votre pari, Isabelle. Elle est embauchée. »

Il se tourne vers Alice à nouveau.

« À lundi, donc ! Et d'ici là, bon week-end et bonne messe. »

Dans la rue, Alice voudrait chanter. Il va être si heureux en apprenant la nouvelle. C'en est fini de ses crises. Fini ! Et qu'importe si elle n'a absolument rien compris à ce qu'on attendait d'elle. Elle a deux jours devant elle pour effectuer des recherches. Deux jours et le retour, enfin, de leur bonheur à tous les deux.

Monologue 2

Qu'est-ce qui m'a pris, aussi, de lui parler à cette vitesse, cette vitesse qu'il exècre avec ce trop-plein d'excitation dans la voix, lui qui supporte si mal quand je me mets à parler fort, de tout lui déballer sans même lui laisser le temps de s'asseoir, de ne même pas avoir cherché à prendre en compte son niveau d'épuisement, de stress, lui qui, depuis le premier jour, pour me permettre de vivre sereine, se coltine toute la pression ! Et lorsque, sur son visage, j'ai vu poindre son énervement, de ne pas m'être arrêtée net, ne serait-ce que pour le laisser souffler, mais non, il a fallu que je prenne toute la place, moi et ma « petite joie » du moment, alors que lui, harassé par sa journée de travail … seulement non, ma « petite personne » en avait décidé autrement et, emportée par mon « narcissisme », j'ai continué sur le même débit à lui dire combien j'étais heureuse, combien ça y est, grâce à ce nouveau job, il n'avait plus de souci d'argent à se faire, moi, le « centre du monde », moi, la soudaine « mère Teresa de notre couple », moi, mon « exaltation grotesque », celle d'avoir enfin trouvé un travail, comme si, depuis des années, il ne s'échinait pas, lui. Il ne se sacrifiait pas. Sans tenir compte, un seul instant, de la naissance de ce pli sur son front, ce pli d'exaspération, qu'est-ce qui m'a pris, bon sang, lui qui n'aime rien tant que le silence, mon silence, mes caresses aussi, qu'est-ce qui m'a pris, oui, d'avoir ainsi bondi sur lui sans m'être, préalablement, assurée que tout s'était bien passé pour lui, comme si j'étais la seule ici, comme s'il n'était là que pour m'écouter, pour m'applaudir. De n'avoir même pas cherché à être claire, de lui avoir tout balancé dans le désordre, rieuse, fébrile, non mais un CDI *! À deux pas d'ici, cinq jours par semaine, mon futur patron, un certain monseigneur, sa secrétaire, Isabelle, une femme si chaleureuse… De n'avoir pas compris à quel point il s'est senti rabaissé que je ne lui demande même pas son avis, comme si, ça y est, c'était plié, comme s'il était impensable qu'il ait son mot à dire, alors que, pardon, il suffisait d'avoir un peu de jugeote pour comprendre qu'elle puait à des kilomètres, cette histoire, comme si c'était possible que ces cathos s'intéressent à une fille aussi inexpérimentée, comme si ce monseigneur n'avait pas une tout autre idée derrière la tête, non mais sérieux.*

« Tu les lis les journaux ? »

Comme s'il y avait une autre raison possible à cette embauche, alors non, il n'avait pas envie de fêter cette nouvelle avec moi, pas plus de me féliciter et encore moins de sauter à pieds joints avec ce sourire béat.

« Rien que des violeurs et des pédophiles, là-dedans. »

Et moi, plus entêtée, plus égoïste, plus autocentrée que jamais, cherchant par tous les moyens à le rassurer en décrétant que, « non, tu l'aurais vu, il est sympa, je te jure », de m'approcher de lui pour l'enlacer et, au contact de son haleine chargée d'alcool, d'avoir eu, malgré moi, ce très léger réflexe de recul, d'avoir rougi aussi, bêtement, si bêtement, sans plus oser soutenir son regard, comme si j'étais en position de lui faire la morale, comme s'il n'assurait pas, comme si, à l'instar de sa mère et de son père, je le traitais, à nouveau, de minable, et maintenant ces coups qu'il donne comme un fou dans la porte de la salle de bains, je me suis réfugiée dans la douche, ses cris de rage, ses insultes, si ça continue, ils riront tous, comme ma mère, l'autre jour, au téléphone, de ma défaite, m'accusant de n'avoir pas voulu les écouter, pire, de ne m'être pas barrée alors que rien ne m'en empêchait, comme si, en matière d'amour, ils avaient des leçons à me donner, comme si le monde, à cause de toutes leurs saloperies, n'était pas juste au bord de connaître sa fin ! Et maintenant, ses coups contre la porte, fasse que les voisins ne les entendent pas, ses coups et cette boule dans mon ventre, si compacte, si noire, comment ai-je pu faire preuve d'une telle indifférence, ne suis-je pas là pour le réparer, pour le consoler ? Même pas capable, avec ça, de lui donner un enfant. Ce silence tout à coup. Ça y est, il s'est arrêté. Assise sur le carrelage, je replie mes genoux sous mon menton, je les serre contre moi : vu l'ampleur de sa crise, mieux vaut laisser passer un peu de temps, espérons juste qu'il ne se soit pas fait mal à la main comme la dernière fois. L'heure tourne, coup de bol, il ne fait pas trop froid, allez, j'y vais, mais, avant de le rejoindre, je me passe cette petite robe qu'il aime, je me recoiffe, je me maquille. Enfin, j'entre dans la chambre, prête à le câliner, à m'excuser, seulement il dort à poings fermés.

Chapitre 5

Elle n'est pas idiote. Elle a parfaitement conscience qu'il dépasse, parfois, les bornes jusqu'à même devenir violent. Malgré tout, contrairement à sa mère et à tous ceux qui lui ont reproché d'être avec lui, elle le pardonne. Cette fureur en lui. Elle seule sait de quel enfer elle émane. Qui plus est, les lendemains de chaque crise, il se montre si fragile : anéanti de constater combien ses blessures d'enfant sont encore vives, combien elles le dominent encore.

Mais Alice est là. Bientôt, elle parviendra à colmater en lui ce trou rempli d'insultes et de coups. Dans un avenir proche, elle le sortira de ce néant de caves et de placards. Jusque-là, elle doit se montrer forte et ne pas réagir à son agressivité, sous peine de provoquer des crises plus graves encore. Tenir donc, même si, chaque fois, elle trouve cela très dur, surtout depuis qu'ils sont à Paris. Puiser au fond d'elle cette douceur infinie qui lui a tant manqué et que, à travers ses cris, il lui réclame.

Ce matin, nous sommes lundi, et elle a décidé de ne pas donner suite à cette offre de travail, juteuse pourtant ! Elle se lève pour boire un café avec lui et s'apprête à lui souhaiter une bonne journée quand, juste avant de claquer la porte, il se tourne vers elle,

« Au fait, n'oublie pas de m'appeler sitôt arrivée à ton bureau. »

Le temps pour Alice de réaliser, il a déjà filé. Il est donc d'accord ! Vite, elle enfile son manteau et dévale l'escalier en se demandant ce qui a bien pu le faire changer d'avis. Un sursaut de confiance ? Le manque d'argent ?

Elle atteint au pas de course le pont d'Arcole, où elle s'arrête quelques secondes pour souffler. En contrebas, sur le quai, l'arrivée d'un bateau-mouche forme une grosse vague qui éclabousse un jeune couple assis sur le rebord. Rires des touristes. Applaudissement d'un pêcheur. Tant de joie tout à coup. Mouettes virevoltant par dizaines et, là, à moins d'un mètre d'elle, ce très beau goéland argenté. En arrivant à sa hauteur, Alice s'arrête et le regarde. Son corps si léger tout à coup. Si ancien. Si vieux. Sous ses pieds, la ville s'ouvre : autour d'elle et de l'oiseau, tout devient feu.

Unis, l'un et l'autre flottent.
Incandescents. Libres.

Puis Alice oublie et, après une course effrénée, elle atteint le numéro 6 de la rue du Cloître-Notre-Dame avec dix minutes de retard. Elle n'a pas terminé de gravir les marches que la porte s'ouvre sur la carrure imposante de monseigneur Berthet, qui la jauge d'un air sévère.

« Je vous attendais, dépêchez-vous !

– Je suis désolée.

– Isabelle, mon assistante, est tombée à vélo en rentrant, hier. Elle ne revient que dans dix jours, voire plus. Cela tombe on ne peut plus mal, j'ai des milliers de choses à faire. Suivez-moi, s'il vous plaît. »

Alice obtempère. Aussitôt, Berthet entame sa visite.

« Ici, à votre droite, mon bureau. Un peu plus loin, mais venez donc ! les escaliers qui desservent, au premier et au deuxième étage, les secrétariats des vicaires généraux et, au sous-sol, les salles de réunion. Enfin, cette porte, sur votre gauche… qu'est-ce que vous attendez ? Ouvrez-la donc ! »

Cette exaspération dans sa voix. Alice, piteuse, s'exécute et pénètre dans le vestibule, qui donne, tout au fond, sur une mini-cuisine et des W-C, et sur quatre portes fermées de chaque côté. Berthet secoue la tête en pestant.

« Et flûte ! Les filles ne commencent qu'à 9 h 30 le lundi ! Bon, je vous montre vos "appartements". Je demanderai à Anne-Sophie de faire le reste. »

Il ouvre la première porte à gauche.

« Allons, allons, entrez donc ! »

Toujours aussi intimidée, Alice le suit. À la vue des dizaines de boîtes d'archives éparpillées sur le sol, elle ne peut s'empêcher de lâcher un cri de surprise. Berthet lève les yeux au ciel.

« Je vous avais prévenue. C'est le chaos ! »

Alice embrasse du regard le foutoir. Le sol est jonché d'un nombre si grand de boîtes qu'elles empêchent l'accès à l'unique fenêtre qui donne sur la rue. Certaines ont même été empilées, en vrac, sur la seule table de la pièce, qui, une fois débarrassée, fera, sans nul doute, office de bureau. Alice se tourne vers Berthet

« Qu'attendez-vous de moi, exactement ?

– Je vous l'ai dit. Que vous me remettiez tout ceci en ordre. »

Alice manque de se sentir mal.

« Mais comment ? Je veux dire… selon quel ordre ?

– Enfin, voyons ! En suivant les règles de la procédure. »

Il sort de sa poche un livre.

« Tenez, je vous ai apporté un *Sanctorum Mater*. Toutes les réponses sont là. Si j'étais vous, je l'apprendrais par cœur.

– Mais… je commence par quoi ?

– Par ce que vous allez trouver dans ces fichues boîtes. Votre prédécesseur a tout mélangé, c'est une horreur. Mais je suis certain que vous allez finir par trouver un ordre.

– C'est que… Je ne suis pas sûre que…

– Allons, allons, vous commencez par faire l'inventaire de toutes les causes en les classant selon l'état de leur avancement et…

– L'état de leur avancement, c'est-à-dire ?

– Selon qu'un tel ou une telle est serviteur de Dieu ou déjà bienheureux ou encore vénérable. Allons, respirez, Alice, vous allez y arriver. Et surtout, n'oubliez pas de lire votre *Sanctorum*. De mon côté, je file. Je suis déjà très en retard. Bonne chance, mon petit. Et bienvenue dans la maison ! »

Il claque la porte. Alice reste un moment à contempler les boîtes en se demandant s'il ne serait pas plus judicieux de courir après Berthet, de lui avouer qu'elle lui a menti, qu'elle n'est pas baptisée, qu'elle ne croit même pas en Dieu, qu'elle n'a jamais entendu parler de cette procédure, qu'elle a trouvé cette annonce par le seul fait du hasard, qu'elle n'aurait pas dû y répondre, qu'elle ne l'a fait que dans le seul but d'éviter qu'il… Son portable se met à vibrer.

« Tout va bien ? J'espère que ton monseigneur se conduit bien. Tu ne m'as laissé aucun message. Je suis inquiet.

– Ne t'inquiète pas, il a deux fois mon âge, et là, il est parti en me laissant seule dans mon bureau.

– Ton bureau ? Envoie-moi un *selfie* que je vois ça ! »

Alice panique. Face à un tel bordel, il risque de penser qu'ils se foutent d'elle et de rappliquer. Il ne tolère pas qu'on se moque d'elle, sa « fée ».

« Alors, ce *selfie ?* »

Sans plus réfléchir, Alice sort de la pièce et tente d'ouvrir la porte du bureau d'en face qui, coup de pot, s'ouvre !

« Que se passe-t-il ? Pourquoi est-ce que tu ne me réponds pas ? »

Ni une ni deux, elle s'assied sur le fauteuil et, affichant son plus beau sourire, clique sur son tél. La photo est parfaite : bingo ! Elle la lui envoie quand un bruit de voix, provenant de l'extérieur, la fait se lever d'un bond.

Dans le vestibule, elle tombe, nez à nez, sur deux femmes qui la dévisagent, étonnées. La première, d'allure austère, s'adresse sèchement à elle.

« Mais, enfin, qui êtes-vous et qu'est-ce que vous faites là ?

– Je… suis la personne qui vient d'être embauchée par… »

Alice est arrêtée net par l'éclat de rire de la seconde.

« Et moi qui pensais que monseigneur Berthet m'avait fait une blague ! Incroyable, il a donc vraiment trouvé quelqu'un ! »

Sans laisser le temps à Alice de lui répondre, elle lui tend la main.

« Bonjour, je suis Anne-Sophie ou plutôt Anne-So. Désolée pour l'accueil. »

Elle désigne sa collègue de la main.

« Et voici Sandrine. Nous travaillons toutes deux à l'œuvre des vocations : moi, à la com', là, juste en face, elle, dans le bureau qui jouxte le tien, au service compta. »

Alice sursaute. On se tutoie, ici ? Anne-So poursuit sur sa lancée.

« Il y a aussi Charlotte qui travaille à la relation donateurs. Vu l'heure, elle ne devrait pas tarder. Tu verras, elle est très sympa, sauf si tu as le malheur de critiquer le pape, n'est-ce pas, Sandrine ? »

Visiblement agacée, Sandrine ne daigne même pas lui répondre. De son côté, Alice fait au mieux pour garder contenance : œuvre des vocations, service relation donateurs, autant d'appellations qu'elle entend pour la première fois. Jamais elle n'aurait dû accepter ce job ! Sandrine profite de la sonnerie de son téléphone pour s'éclipser. Anne-Sophie se tourne vers Alice.

« Tu m'excuses, mais je suis super à la bourre. Si tu veux du café, tu trouveras tout ce qu'il te faut dans le placard, OK ? »

Elle lui tapote amicalement l'épaule.

« Je suis tellement contente que quelqu'un s'occupe enfin d'eux. »

Alice la fixe sans comprendre. Anne-Sophie éclate de rire.

« Eux, les saints, voyons ! Bon, je te laisse ou je ne vais pas réussir à sortir ce dernier numéro.

– Mais, je ne comprends pas… Monseigneur Berthet m'a dit que vous… que tu allais m'expliquer… »

Anne-So se remet à rire.

« Moi, t'aider ? Ah, je te jure, il n'en loupe pas une, lui ! »

L'inquiétude d'Alice vire à la panique.

« Pardon, mais je… fais comment ? »

Anne-So lève les yeux au ciel.

« Elle est tellement complexe, cette procédure ! Si j'étais toi, je commencerais par passer un coup de balai et par dépoussiérer tout ça, après… À la grâce de Dieu, que veux-tu ! »

Anne-So lui désigne un placard.

« Ici, le balai et tout le reste ici. Bonne chance, et de toutes les façons, on se voit à déjeuner, hein ? »

Alice n'a pas le temps de lui répondre, Anne-So a déjà filé dans son bureau.

Chapitre 6

Assise par terre, Alice se décide à ouvrir la première boîte. À l'intérieur, elle tombe sur une foule de documents où il est question de réputation de sainteté, de liste de témoins, de commission d'enquête historique, de bibliographies, de libelles, de décrets d'ouverture ou encore, en latin, de *nihil obstat*. Certains noms de personnes dont Alice n'a jamais entendu parler reviennent en boucle quand d'autres n'apparaissent qu'une seule fois. Même du point de vue chronologique, tout est en vrac…

Passé un moment de découragement, Alice ouvre le *Sanctorum Mater* que lui a conseillé de lire Berthet. Seulement, là encore, et dès les premières pages, c'est la valse des mots et des dénominations inconnus : enquête éparchiale, réputation de signes, délégué épiscopal, censeurs théologiens… Alice comprend, toutefois, qu'il s'agit de différents éléments de procédure permettant de prouver la sainteté d'un chrétien ou d'une chrétienne d'aujourd'hui. Tiens, et elle qui pensait que cette « espèce » avait totalement disparu, qu'il n'en restait que des vestiges : ici, des noms de rues, là, des peintures dans les églises, des statues.

Si, un bref instant, tout lui paraît plus clair, sa confiance s'effondre quand elle commence à lire les énoncés des soixante-cinq chapitres qui composent le texte : « Acteur de la cause », « Postulateur de la cause », « Acceptation du libelle », « Consultation avec d'autres évêques », « Officiers de l'enquête en général », « Officiers de l'enquête en particulier », « Censeurs théologiens », « Rapport des experts », « Citations pour les sessions », « Procédure de l'enquête rogatoire »... Jamais elle ne viendra à bout de ce jargon. Partir alors ? Se barrer en douce ? Elle aimerait tant pouvoir l'appeler. Mais depuis cette fois où elle l'avait supplié de rappliquer à cause d'un bruit, à l'extérieur, qui lui avait fait terriblement peur, il lui avait fait promettre de ne plus jamais recommencer. À cause d'elle, ce jour-là, il avait raté le pot d'anniversaire de son patron, qui, en retour, s'était mis à le harceler. Appeler sa mère, alors ? Malgré ses constants reproches, elle peut se montrer, parfois, si douce avec elle.

Après le départ définitif du père d'Alice, sa mère avait sombré dans une grande dépression. Adolescente, Alice l'entendait, la nuit, sangloter dans sa chambre et parfois dégueuler dans les chiottes du bout du couloir. Certains jours, en revanche, tout allait bien : Alice et sa petite sœur avaient alors droit à mille câlins.

Tout ce chagrin mêlé d'amour en elle. S'il n'y avait pas eu la deuxième grossesse de sa mère, Alice et ses parents n'auraient jamais quitté le Guatemala, mais, pour l'arrivée de ce nouveau bébé, il avait fallu revenir en France.

Alice, alors âgée de dix ans, se souvient encore de l'atterrissage de l'avion sous la pluie et, au moment de sortir de l'aéroport, de la bise glaciale qui lui avait cinglé la peau du visage. Ici, rien n'avait de couleur, pas même les arbres, qui avaient perdu leurs feuilles et dont les branches tordues et noires lui apparaissaient comme des êtres abasourdis de douleur. Les corps étaient raides. Les immeubles étaient gris. Le ciel, bas. Sa sœur naquit enfin, et Alice crut le cauchemar terminé. Mais le bébé avait besoin de soins et ses parents décidèrent de rester.

Alice détestait tout de ce nouveau pays : les routes qu'on ne pouvait pas traverser, les serrures à chaque porte, les grillages aux fenêtres, les barbelés, les palissades, les murs qui, où qu'elle aille, lui obstruaient la vue. Occultant tout le ciel.

Dans ce décor si morne, très vite des disputes éclatèrent entre ses deux parents et il ne fallut pas deux ans pour qu'ils divorcent. À peine le jugement prononcé, son père repartit au Guatemala, où il refit sa vie avec une autre sans plus jamais ou presque faire signe à ses deux filles. Comment Alice ne pouvait-elle pas lui en vouloir ? Mais peut-être, plus encore, à sa petite sœur, qui, par sa seule venue, avait tout gâché et qui, de surcroît, en grandissant, avait fait montre d'une joie de vivre toujours plus éclatante, comme si elle n'y était pour rien dans ce malheur qui les avait frappées, comme s'il ne la touchait pas. Au fil des ans, Valentine s'était peu à peu octroyé toute la place, en piquant des colères redoutables, en fuguant, ou encore en volant les affaires d'Alice. Par peur de voir sa mère sombrer, Alice, alors âgée de quatorze, quinze, seize ans, s'était épuisée à couvrir chacun de ses méfaits, s'interdisant pour elle-même le moindre écart. Pour ne pas peser davantage, elle s'était également efforcée de ne plus jamais penser à cette vie d'avant qu'elle avait tant aimée. Sa vie. Celle que sa petite sœur n'avait jamais connue jusqu'à ce que, âgée de quatorze ans, elle leur annonce avoir pris la décision de partir vivre avec son père, là-bas. En entendant la nouvelle, Alice s'était révoltée. Comment Valentine osait-elle ? Et surtout de quel droit ? Seulement, ni son indignation ni le chagrin de sa mère ne vinrent à bout de sa petite sœur, qui, le cœur sec, avait fini par s'envoler.

Cela faisait cinq ans aujourd'hui. Cinq ans depuis lesquels Alice, malgré les supplications de sa mère, refusait toute communication avec sa cadette. En les abandonnant, Valentine avait définitivement franchi la ligne rouge. Et puis, à quoi bon continuer de faire semblant ? Alice ne l'avait jamais aimée. Aujourd'hui, elle la haïssait. De son côté, Valentine avait multiplié les appels. Pour lui raconter quoi ? Jusqu'à son père et son amour des tortues, Alice avait tout oublié de là-bas. Et c'était mieux ainsi.

Du jour où Valentine était partie, la dépression de sa mère avait rejailli de plus belle. Tout juste larguée par Geoffrey, Alice avait fait au mieux pour la soutenir, jusqu'à craquer à son tour. Mais pourquoi ressasser ces vieilles histoires ?

Seule, au milieu de ce chaos de boîtes, Alice secoue la tête. Elle n'a pas le choix, elle doit trouver le moyen de se débrouiller par elle-même. Elle se met à ramasser quelques feuilles quand on toque à sa porte. C'est Anne-So qui passe la tête.

« C'est l'heure du déj' ! Allez, bouge, on n'a qu'une heure ! »

Dans la grande salle de réunion du sous-sol, Alice reconnaît Sandrine, qui la salue, toujours aussi pincée. Anne-So lui présente Charlotte, la « fan du pape », une brune, la trentaine, en bermuda-chemise, ainsi que Marie-Lise, cheveux gris en chignon, soixante ans environ, secrétaire du vicaire général responsable de la curie diocésaine, et enfin Mme Grout, la soixantaine elle aussi, secrétaire du vicaire général chargé du suivi des paroisses du 5e, du 12e, du 13e et du 17e arrondissement de Paris.

« Tu as presque fait le tour. Il ne te manquera plus que Mlle Lavandin, la secrétaire de notre dernier vicaire général, monseigneur Thiéret, Joséphine, notre femme de ménage, et enfin Paula, une cuisinière qui concocte des plats hors pair quand ces messieurs reçoivent. Monseigneur Berthet et Isabelle, tu les connais. »

À table, toutes se mettent à lui parler en même temps. Entre les questions qu'on lui pose et les photos que chacune d'elles lui montre, ici du fils aîné qui entame sa troisième année de noviciat chez les bénédictins de l'abbaye Saint-Benoît d'En-Calcat, là, de celui qui vient de se marier, là, de la fille cadette qui vient de baptiser sa première, là, de celle qui vient de terminer ses études de médecine, Alice sent la tête lui tourner. Tout ce monde : elle n'a plus l'habitude.

« Et toi, ton mari ? Tu as une photo ?

– Je… oui, sur mon portable.

– Eh bien, vas-y, montre ! »

Prise de court, Alice s'exécute.

« Vous êtes mariés depuis longtemps ?

Leur dire la vérité ? Tout, chez ces filles, prend Alice au dépourvu : leur bermuda, leur gaîté, leur jupe de laine, leur foi, leurs références. Alice n'ose pas.

« Depuis cinq ans à peu près.

– À peu près ! Tu es à mourir de rire, toi ! Et vous avez combien d'enfants ? »

Décidément...

« Cela n'a pas encore marché. »

Et toutes, à l'exception de Sandrine, de lui conseiller d'aller à Lourdes ou encore de prier sainte Colette à la paroisse des Buttes-Chaumont.

« Ses parents l'ont eue à soixante ans vers la fin du XIVe. »

Alice écarquille les yeux.

« À soixante ans, vous êtes sûre ?

– Oui, oui. Depuis ce fait extraordinaire, elle est la sainte des couples hypofertiles. Et crois-moi, avec elle, ça pulse ! Pour preuve, grâce à elle, Anne-So en est à son septième. »

Alice se tourne vers Anne-So, sidérée.

« Tu as sept enfants ? »

Anne-So acquiesce en riant.

« J'en voulais huit, mais, avec mon mari qui s'absente six mois par an, j'ai décidé que je m'arrêtais. »

Dans la plus grande cacophonie, les conversations reprennent. D'un côté, Charlotte vante à Mme Grout les vertus du curcuma pour renforcer son immunité, de l'autre, Marie-Lise se plaint des colères effroyables que pique « son » vicaire, Anne-So, elle, résume le contenu de l'article qu'elle va publier sur la collégiale Notre-Dame de Mantes-la-Jolie, qui, en lien avec Pôle emploi, organise des journées d'initiation à la prière de méditation pour des jeunes chômeurs. Alice reste à les écouter, silencieuse. Même à la fac, jamais elle n'a côtoyé de telles personnes. Est-ce parce qu'Alice ne les voyait pas ? Un tel fossé la sépare d'elles. Une main posée sur son épaule la fait sursauter. C'est Charlotte qui la regarde, tout sourire.

« Au fait, les boîtes dans ton bureau, tu sais comment tu vas les ranger ? »

Alice aimerait disparaître.

« Eh bien, je… non, pas vraiment, enfin, pas encore… »

Elle est interrompue par la sonnerie de son portable. C'est lui, bien sûr. Lui dont elle découvre, angoissée, la dizaine de SMS qu'il lui a déjà envoyés et auxquels elle n'a pas répondu.

« Je… je suis désolée, je dois absolument prendre cet appel. »

Sous le regard des filles, Alice s'éloigne pour répondre. À l'autre bout, il est au bord de péter un câble. Pourquoi le torture-t-elle de la sorte ? Elle lui explique en murmurant qu'elle est en train de déjeuner avec les filles du bureau. Il ne la croit pas. Elle le lui jure pourtant. Il lui demande de faire une vidéo. Alice se fige. Une vidéo ? Derrière son dos, elle sent peser leurs regards. Elle le supplie de patienter un peu, le temps de leur demander la permission. Il lui laisse dix secondes, après quoi il rapplique. Rouge écarlate, elle se tourne vers les filles.

« C'est mon mari… Il voudrait vous saluer. »

Détente générale. Et elles qui pensaient que c'était grave.

« Mais bien sûr ! »

Alice braque son téléphone sur elles toutes, qui lui font des signes et des clins d'œil.

« Bonjour monsieur le mari d'Alice ! »

Face à la brochette, il se détend et leur adresse son plus beau sourire. Charmées, elles lui promettent de veiller sur sa dulcinée et le félicitent de se montrer aussi attentif avec son épouse. Il les remercie en les priant de bien s'occuper d'elle. L'écran redevient noir. Alice, tremblante, remet son téléphone dans son sac.

Aussitôt, toutes, à l'exception d'Anne-So, la congratulent.

« Une vraie perle, votre mari, dites donc !

– Quelle chance vous avez !

– Je veux le même ! Où l'avez-vous trouvé ? »

Plus tard, dans l'après-midi, Anne-So, venue lui apporter un café, contemple, dubitative, le sol de son bureau littéralement recouvert de feuilles.

« Tu t'y retrouves ?

– … j'essaie… »

Anne-So embrasse, à nouveau, la pièce du regard.

« Je dis ça comme ça, mais tu crois que c'est une bonne idée de les ouvrir toutes en même temps ?

– Je n'ai pas vraiment le choix. Mon prédécesseur a tout mélangé.

– Il faudrait que tu t'attelles au *Sanctorum Mater*. Tu l'as lu ?

– J'ai commencé, oui, mais… »

Voilà plus de deux heures qu'elle s'échine à en comprendre les premiers chapitres.

« À vrai dire, je m'y perds un peu. Il y a tellement de notions que je ne maîtrise pas.

– Dis-moi, je peux peut-être t'aider.

– Serviteurs de Dieu, bienheureux, vénérables, c'est quoi exactement la différence ? »

Anne-So la fixe, sciée.

« Tu me fais une blague, là ?

– Ben… non.

– Tu ne sais pas ça et Berthet t'a donné le job ?!

– Je lui ai dit que j'avais fait du droit et… il m'a prise.

– Non mais c'est dingue ! Comment tu vas faire ? Cela fait presque mille ans que cette procédure existe, t'imagines un peu la complexité ? »

Alice, atterrée, baisse la tête.

« Désolée, je ne voulais pas te froisser et encore moins te faire flipper. Commençons par ta question… »

Lexique

Serviteur ou servante de Dieu : fidèle catholique décédé(e), ayant fait preuve, tout au long de sa vie, d'une piété remarquable. (Première étape de la canonisation.)

Vénérable : serviteur ou servante de Dieu, décédé(e), dont l'héroïcité des vertus a été reconnue par l'Église. Aucun culte ne peut leur être rendu. (Deuxième étape de la canonisation.)

Bienheureux(ses) : serviteur ou servante de Dieu, décédé(e), ayant fait montre, tout au long de sa vie, d'une piété exemplaire et auquel (à laquelle) on peut attribuer, *post mortem*, au moins un miracle ou qui est mort(e) en martyre. Un culte local peut leur être rendu. (Troisième étape de la canonisation.)

Saints(es) : serviteur ou servante de Dieu, décédé(e), ayant fait montre, tout au long de sa vie, d'une piété exemplaire et auquel (à laquelle) on peut attribuer au moins deux miracles ou qui, ayant déjà un miracle à son actif, est mort(e) en martyre. Un culte public peut leur être rendu. (Quatrième et ultime étape de la canonisation.)

Chapitre 7

Dieu.

Depuis le milieu de la nuit, la jeune reine Radegonde et ses compagnes fuient, éperdues, à travers bois et collines. De part en part, les ronces et les épines ont lacéré la peau de leur visage, leurs mains, leurs jambes, leurs pieds. Elles sont à bout de souffle, elles ont soif, elles ont faim. Elles sont un troupeau de jeunes filles terrifiées.

Dieu.

Depuis que le roi Clotaire, son mari, a fait égorger son oncle, lumière s'est faite en Radegonde. Dût-elle mourir, jamais plus cette bête sauvage ne la touchera, mais seul, désormais, Lui, son sauveur,

Dieu.

Et maintenant, cette plaine sans fin devant elle et ses compagnes, tandis que, de plus en plus proches, résonnent les cris des soldats lancés à leurs trousses. Radegonde et ses compagnes fixent, terrifiées, la lande d'herbe rase qui s'étend à perte de vue. Jusqu'à l'horizon, pas le moindre arbre ni le moindre buisson pour se cacher. Comment faire pour échapper à ces chiens ?

Dieu.

Face à l'imminence du désastre, certaines s'effondrent en gémissant. La furie de ces soldats, elles ne la connaissent que trop bien ! Sitôt que ces chiens enragés les apercevront, sitôt ils fondront sur elles et, à l'exception de leur reine, les violeront jusqu'au sang !

Dieu.

Mourir, Radegonde n'en n'a cure, mais revenir auprès de ce porc de Clotaire, ça, non, et encore moins assister au carnage de ses compagnes. Tremblante, elle fixe à nouveau l'étendue. N'est-ce pas Dieu, dans ses prières, qui lui a soufflé de s'enfuir ? Mais alors où l'issue ? Un doute abyssal l'assaille. Aurait-elle mal saisi le sens de Son message ? Mais pourquoi alors que tout d'elle Le cherche ? Et si c'était un coup du diable ? Une de ses ruses pour l'anéantir ? Hors d'elle, Radegonde se redresse et, levant les yeux vers le ciel, dans un cri, hurle.

Dieu !

Et soudain cet ordre qui tombe des cieux en elle. Courir ! Ses compagnes, exténuées, la regardent, ébahies. Courir ? À quoi bon sur cette lande déserte. Radegonde, presque violente, insiste. Courir, oui, sans plus aucune logique ! Telle est l'injonction reçue. Et vite, toujours plus vite. Comme s'il s'agissait d'une pente. Le corps en Dieu, le cœur en Dieu. Folles et à l'aveugle. Radegonde au-devant d'elles. Enragée. Illuminée.

« Allons ! »

Et toutes de fuir à nouveau. Affolées. En larmes. Épuisées. Quand, tout à coup, ce paysan qui sème de l'avoine, au loin. Guidée par une force invisible, Radegonde l'interpelle.

« Eh, toi, là-bas ! »

À la vue de cette noble et belle jeune femme, entourée de ses compagnes, l'homme manque de défaillir. Des esprits ? Radegonde ne lui laisse pas le temps de déguerpir.

« Des soldats sont à notre poursuite. Quand ils t'interrogeront, réponds fermement que, depuis que tu as semé cette avoine, tu n'as vu ni homme ni femme. Entendu ? »

L'homme n'a pas fait oui de la tête qu'aussitôt, sous ses yeux éberlués, l'avoine, par il ne sait quel prodige, se met à pousser, haute, si haute que Radegonde et ses compagnes peuvent s'y blottir et s'y cacher.

Quand les soldats arrivent, le paysan leur répond ce que Radegonde lui a soufflé. Face à la mer d'épis qui s'étale, les soldats, dépités, abandonnent la partie et rebroussent chemin.

*

Quand, ce soir-là, Alice, joyeuse, lui raconte cette histoire, c'est dans l'idée de le détendre. Il se montre si nerveux ces derniers temps. Est-ce à cause de leur différend au sujet des filles du bureau ? Cette familiarité avec laquelle elles s'étaient adressées à lui. Et cette façon qu'elles avaient eue, dès le premier jour, d'intégrer d'office Alice à leur groupe sans même lui demander son avis ! De quel droit ? Sans parler de leur look ! Jamais il n'avait vu des filles s'habiller aussi mal. Pour toutes ces raisons, il réclamait qu'Alice garde, au maximum, ses distances avec elles. Pour éviter d'être chopée aussi. Comment réagiraient ces grenouilles de bénitier si elles apprenaient qu'elle était athée ? Quoi qu'Alice en dise, elle valait tellement mieux que ces nanas bonnes qu'à prêcher l'Évangile et à pondre des gosses. Sur le coup, Alice avait bien essayé de prendre leur défense, mais, face à son irritation grandissante et à la perspective d'une nouvelle crise, elle avait fini par céder. Malgré cela, son humeur était restée des plus sombres. Était-ce, encore une fois, à cause de l'argent ? Alice l'avait entendu réclamer un délai à la propriétaire au téléphone. De peur d'envenimer les choses, Alice n'ose le questionner. Elle s'approche de lui, pose la tête sur ses genoux, le regarde, souriante.

« Ce coup de l'avoine qui pousse d'un coup, c'est beau, non ? »

Il ne répond rien.

« Mais, le plus dingue, c'est que Charlotte… »

Il fronce les sourcils.

« Charlotte ?

– Ma voisine de bureau. C'est elle qui m'a raconté cette histoire. Elle adore tellement les saints qu'elle m'a promis de déposer, chaque matin, sur mon bureau, une petite anecdote les concernant, mais le plus drôle, c'est qu'elle croit dur comme fer à leurs miracles. »

Elle se met à rire.

« C'est incroyable, non ? »

Il se raidit, silencieux. Est-ce parce qu'elle lui a parlé de son travail ? Elle voit bien qu'il est mal à l'aise avec tout ce qui y a trait. Est-ce parce qu'il essuie des revers dans le sien ? Avec un poste à si haute responsabilité, quoi de plus normal ? Heureusement qu'elle ne lui a pas rapporté cet échange plus qu'improbable qu'elle a eu, il y a deux jours, avec Berthet.

En le voyant débouler dans son bureau, elle s'était figée sur place. Elle est encore si perdue avec cette procédure.

« Alors, mon petit, il paraît que vous vous intéressez aux miracles ?

– … ?

– C'est Anne-So qui répand ce bruit à tous les étages et qui demande aux plus intrépides de venir vous en raconter un. »

Cette Anne-So, décidément ! Alice n'avait pu s'empêcher de rire. Berthet l'avait sondée du regard.

« Alors, c'est vrai ou ce n'est pas vrai ? Parce qu'à vous voir pouffer… »

Elle était devenue cramoisie.

« Non, c'est vrai… »

Pour une fois, elle ne mentait pas. Depuis qu'Anne-So lui avait expliqué cette clause du droit canon selon laquelle il fallait pouvoir attester d'un ou deux miracles pour obtenir le Graal, la curiosité d'Alice avait décuplé.

« Fort bien, mais que cherchez-vous exactement ? Parce que, des miracles, il y en a des milliers, or, que je sache, vous n'êtes pas ici pour en faire l'inventaire.

– Je… non…

– S'agit-il d'un miracle en particulier ? De ceux d'un saint que vous connaissez ? Anne-So est restée plutôt vague. »

Alice avait regardé Berthet en réfléchissant à toute vitesse. Ne surtout pas se trahir et arrêter de balbutier.

« La procédure veut que, pour devenir saint, il faut avoir accompli au moins deux miracles *post mortem*, n'est-ce pas ? »

Les yeux de Berthet s'étaient illuminés.

« Absolument ! Bravo, mon petit. Et donc ?

– Je me demandais quel type de miracle permettait à une personne d'être sanctifiée aujourd'hui ?

– Oh, le plus souvent, il s'agit de guérisons miraculeuses. »

Alice, perplexe, n'avait pas osé l'interroger davantage. Berthet avait semblé saisir son embarras.

« Mais vous avez d'autres exemples, comme celui de ce charpentier, en 2016, qui n'est pas mort malgré une chute de plus de quinze mètres. Lui-même et son entourage avaient invoqué Charles de Foucauld.

– Vraiment ? »

Le scepticisme d'Alice n'avait pas échappé à Berthet, qui avait esquissé un sourire.

« Pour ma part, c'est la vie de Charles de Foucauld, le miracle. Tout le reste… Vous l'avez lue ?

– Non. »

Il l'avait scrutée avec un petit sourire en coin.

« *Ils ont l'intelligence obscurcie, ils sont étrangers à la vie de Dieu à cause de l'ignorance qui est en eux*. Éphésiens. IV, 18 »

Face à son air mortifié, Berthet était parti d'un grand éclat de rire.

« Je vous taquine, Alice, détendez-vous. Connaissez-vous, au moins, le miracle d'Hiroshima ? »

Alice, de plus en plus mal à l'aise, avait secoué la tête. Ce monde lui était totalement étranger. Elle ne savait rien.

« Le jour J, quatre jésuites priaient dans une maison située à mille mètres du *ground zero*. Figurez-vous qu'aucun d'eux n'est mort ni n'a été irradié. Pas mal, non ? »

Alice l'avait fixé, incrédule.

« Vérifiez si vous ne me croyez pas. Eux-mêmes se sont dits protégés par le bouclier de la Vierge. Belle expression, n'est-ce pas ? Allez, bonne journée. Et classez-moi tout ça au plus vite, hein ? »

Alice avait hoché la tête sans oser broncher.

Elle marche à présent, elle marche vers le pont d'Arcole, où elle espère tomber sur son goéland. Tout est si embrouillé dans sa tête. Elle a besoin de voir l'oiseau planer au-dessus d'elle, raser, bec pointé à l'avant, la surface scintillante des eaux. Partir, tout là-haut, avec lui. Rejoindre l'insouciance du corps animal.

Cette intranquillité sous ses pas.
Où est l'appui ? La senteur des parfums ?

Hier, il a ramené trois ex-potes de promo à la maison. Sans même lui adresser la parole, il les a installés dans le salon et il s'est mis à jouer avec eux à des jeux vidéo de guerre. Depuis la chambre, elle les a entendus pousser des cris de rage et de victoire jusqu'à 2 heures du matin.

Pourquoi ne l'a-t-il pas prévenue ? Est-ce parce qu'il lui en veut encore ? Mais de quoi, puisqu'elle ne déjeune plus avec les filles ?

En prenant ce boulot, elle était persuadée qu'il allait se sentir mieux. Mais non, et Alice ne sait plus quoi faire. Elle a, pourtant, souscrit à toutes ses demandes pour les travaux et chaque soir, après avoir fait les courses et le ménage, elle fait au mieux pour lui préparer un plat qu'il aime. Seulement, rien ne suffit et le moindre oubli – il y a deux jours, elle n'avait pas bien nettoyé le sol de la douche de la salle de bains – le fait exploser.

Elle atteint le pont. Le goéland argenté n'est pas là. Elle s'arrête, s'appuie contre le rebord, lève les yeux vers le ciel. Elle a si soif de quelque chose qui ne vient pas.

Son portable vibre dans sa poche : lui, pour la troisième fois en dix minutes. Elle fixe son téléphone, lasse. Elle a passé une si mauvaise soirée, hier. Pourquoi ne l'avoir pas invitée à jouer avec ses amis ? S'était-il jamais comporté de la sorte avec elle à M. ? Elle ne sait plus. Tout est à la fois si intense et si confus dès qu'elle pense à ces cinq dernières années. Quelle idiote aussi. Pourquoi n'être pas sortie de sa chambre, hier ? Elle aurait très bien pu s'imposer. Comme là, aujourd'hui, sur ce pont, à se peler, alors qu'elle pourrait être au chaud, en train de déjeuner avec les filles. Si, pour la millième fois, elle ne lui avait pas cédé, aussi.

Nouvelle vibration de son portable. Ils étaient si heureux à M. *Parce qu'ils l'étaient, n'est-ce pas ?* Sa mère qui s'obstine à lui asséner le contraire et qui n'arrête pas de lui laisser des messages : « C'est quoi, ton nouveau travail ? Je ne suis pas loin, je pense à toi, voyons-nous, cela fait trop longtemps. » Sa mère qu'elle ne rappelle pas.

Alice se sent si perdue depuis qu'ils ont déménagé à Paris. À M., tout était tellement plus simple… Où sont les promesses ? Et quand ses efforts vont-ils enfin aboutir ? Avec ça, le prix des denrées qui s'envole, les bateaux de migrants qui coulent, la guerre toujours plus atroce en Ukraine, et « pour sauver ce qui reste à sauver du monde », tous ces écologistes de l'extrême qui s'allongent sur l'asphalte pour stopper net le flux des voitures. L'autre jour, Alice a croisé le regard de l'un d'eux. Fou et si désespéré.

Non, décidément, rien ne va comme elle le voudrait. Berthet, qui passe chaque jour lui demander où elle en est. Les pages du *Sanctorum*, qu'elle lit sans parvenir à retenir quoi que ce soit. Celles, enfin, par centaines, qu'elle extirpe des boîtes et que, faute de compréhension d'ensemble, elle classe par noms, en tas, à même le sol : ici, tout ce qui a trait à Mme Caroline-Barbe Colchen Carré de Malberg ; là, à Matthieu Henri Planchat, Ladislas Radigue et leurs trois compagnons ; là, à Henri Chaumont et là, à monseigneur Denys-Auguste Affre, à Jean-Émile Anizan, à Nicolas Barré, à Thérèse de Saint-Augustin, alias Louise Marie de France, à Raoul Follereau, à Madeleine Follereau, à monseigneur Georges Darboy, à Rosalie Rendu, et à plus de trente autres noms dont ceux de Blaise Pascal et d'Henri Grouès, dit l'Abbé Pierre, les seuls, parmi tous, dont elle a entendu parler.

Tant de vies à ingérer. Va-t-elle jamais y arriver ?

Plus les jours passent, plus Alice en doute. Partout, dans son bureau, les tas se multiplient : certains, encore minces, d'autres, beaucoup plus épais, composés, pour la plupart, de monceaux de documents officiels, de lettres manuscrites, d'échange de mails, de listes d'ouvrages, d'extraits d'actes de naissance ou encore de certificats de décès. Comment ne pas se sentir battue face à une telle accumulation ?

Parfois, elle tombe sur l'un de ces fameux libelles, qui résument la vie d'un tel ou d'une telle.

Rosalie Rendu, née à Confort en 1785, qui « jamais ne faisait mieux l'oraison que dans la rue » ou encore dans les maisons des pauvres qu'elle ne cessait de visiter. Dans le quartier Mouffetard, à Paris, elle fait ouvrir pour eux un dispensaire, une pharmacie, une école et un orphelinat. Au prix d'un long combat, elle parvient même à faire ouvrir une crèche pour les enfants des ouvrières. Plus tard, dans son fameux « parloir », elle reçoit le Tout-Paris, qui cherche à faire bonne œuvre.

Élisabeth de France, dite madame Élisabeth, née à Versailles en 1764, se consacre à Dieu dès l'âge de quinze ans. Refusant d'abandonner son frère, le roi, et ses enfants, elle les suit au Temple jusqu'à l'échafaud.

Raoul Follereau, né en 1903, dit le vagabond de la charité, qui passe sa vie auprès des lépreux et fonde, en 1954, la Journée mondiale des lépreux, à la fois « pour obtenir que les malades de la lèpre soient soignés et traités comme tous les autres malades » et « pour guérir les bien-portants de la peur absurde et parfois criminelle qu'ils ont de cette maladie et de ceux qui en sont atteints ».

Jacques Fesch, né en 1930, dit le dandy malfrat, qui, peu avant d'être guillotiné pour le meurtre d'un policier à l'âge de vingt-sept ans, entend une voix qui « n'est pas de la terre » lui souffler : « Jacques, tu reçois les grâces de ta mort. »

Tous ces destins dont Alice n'a jamais entendu parler et qu'elle va devoir mémoriser. Un vrai défi pour elle qui, après dix jours de travail, peine encore à distinguer qui, parmi tous ces futurs possibles « saints », est serviteur de Dieu, bienheureux ou vénérable. Il est temps qu'elle s'active. Berthet lui a promis, sous peu, l'installation de sa ligne de téléphone afin qu'elle puisse enfin répondre « aux questions de tous les postulateurs ». Plus flippant encore : jeudi en huit, il l'a convoquée à la répétition de la session d'ouverture du père Jacques-Émile Sontag.

« Je ne sais toujours pas quand exactement elle aura lieu, mais on m'a laissé entendre qu'elle devrait arriver vite. Cela nous permettra d'être parfaitement préparés.

– Mais… que dois-je faire ?

– À partir du moment où je vais commencer à lire le procès-verbal, et parce que notre notaire est un parfait novice, vous vous attellerez à lui fournir chacun des documents que je citerai.

– Excusez-moi, mais quels documents ?

– Ceux de la session d'ouverture, voyons ! Actes de la première session, article 89 de votre *Sanctorum Mater.* »

Alice, pétrifiée, n'ose pas insister. Une fois seule dans son bureau, elle se rue sur le livre pour découvrir, mortifiée, la liste des onze actes exigés lors de cette première session : 1. l'éventuel rescrit de transfert de compétence, 2. toute la documentation présentée à l'évêque pour démontrer la réputation de sainteté ou de martyre et la réputation de signes dont jouit le serviteur de Dieu, 3. le mandat de nomination du postulateur et / ou du vice-postulateur, 4. le libelle de requête du postulateur, avec la documentation requise par le n° 10 des *Normae servandae*, 5. l'éventuelle déclaration concernant les motifs spécifiques à l'origine du retard du début de la cause, 6. l'avis des autres évêques concernant l'opportunité de la cause, 7. l'édit de l'évêque, 8. la lettre du *nihil obstat* du Saint-Siège, 9. les décrets de nomination des officiers de l'enquête, 10. l'avis écrit des censeurs théologiens ou bien la déclaration d'absence d'écrits édités, 11. le matériel rassemblé par les experts en matière historique et archivistique avec le rapport de ces derniers.

Alice referme le livre au bord des larmes. Avec tout ce qu'elle a encore à classer, où va-t-elle trouver le temps de rassembler tous ces documents ? Et surtout, comment va-t-elle faire pour les reconnaître ?

C'est cela qu'elle doit lui confier, ce soir. Sa peur si grande de ne pas y arriver. Elle désire tant son bonheur et elle se sent si perdue sans lui. Pourquoi ne l'a-t-il pas présentée à ses amis, hier ? Elle a si fort besoin de son amour. Ou alors tout oublier d'ici. Les boîtes. Les causes. Toutes les horreurs du monde. Revenir à jamais se coller contre lui. Tout gommer. Ne faire plus qu'un.

Chapitre 8

Dans le salon, elle le supplie de ne pas s'énerver, elle lui répète qu'elle l'aime et, pour la troisième fois, elle lui assure qu'il ne se passe rien entre elle et Berthet. Quant à ses potes, bien sûr qu'il peut les voir, elle aurait juste aimé qu'il… Il se lève en tapant du poing sur la table. L'assiette rebondit et se fracasse au sol. Dans un souffle, elle lui demande de revenir s'asseoir. Il la regarde, ulcéré, se met à donner des coups de pied dans les chaises. Cinq ans qu'il n'a pas invité un seul ami ! Cinq ans !

« Et pendant ce temps, madame s'éclate avec son curé !

– Puisque je te dis qu'il a presque soixante-dix ans. »

L'éclair d'un instant, il la fixe, désarçonné. Est-ce bien encore « son » Alice qui vient de lui crier dessus ? Comment ose-t-elle ? Et comme si, à soixante-dix piges, les mecs n'avaient pas la trique face à des nanas de trente !

« S'il te plaît, arrête, je n'en peux plus de tes crises. »

Elle voit ses yeux s'agrandir, ses mains trembler.

« Répète ? »

Ça y est, il va se remettre à crier, seulement elle manque tellement de sommeil. Elle ne veut pas se retrouver, une fois de plus, à rester des heures, assise, frigorifiée, sur le sol de la douche.

« Arrête. »

Cette assurance dont elle fait preuve. Une vraie gifle pour lui, si fracassé de l'intérieur. Comme s'il avait souhaité les avoir reçues, ces saloperies de coups. Comme s'il ne voulait pas être apaisé comme elle. Seulement, rien. Elle ne lui pardonne rien. Pas la moindre incartade. Un verre cassé par-ci, un verre par-là, quelques potes pour se marrer le temps d'une soirée et, certes, oui, une crise certains jours. Comme si, dès le début, il ne l'avait pas mise au courant de sa fragilité. Mais non, il faut qu'elle soit toujours sur lui à l'évaluer, à le jauger, là où il aurait justement besoin d'être encouragé, félicité. Seulement, pour madame, ce n'est jamais assez ; il faut qu'elle lui en réclame toujours plus. Comme si c'était une chose aisée, pour lui, de se maintenir à la surface. Comme si le simple fait de la supporter ne lui réclamait pas un maximum d'efforts. Seulement, là encore, jamais de louanges, que des critiques. Pour elle, bien sûr, avec son petit trauma de « papa a divorcé de maman et il s'est remarié », tout est si simple. R.A.S, jamais bourrée, toujours à l'heure. Et quoi de plus facile ? « À électrocardiogramme plat, vie plate. » Si elle savait combien il n'en peut plus de sa façon de toujours le rabaisser, et au moindre pet de travers, de le couvrir de reproches. À son avis, pourquoi il les a invités, ses potes, hier ? Pour respirer, putain ! Ne plus lire dans ses yeux cette exigence insoutenable. Comme s'il ne voyait pas clair dans son jeu. Parce qu'elle a beau jouer les miss parfaites, il sait très bien qu'elle manigance et qu'elle lui cache des trucs.

« Mais non, je te jure… »

Sonnerie de son téléphone portable. Elle reste, un moment, indécise. Il part d'un rire méchant.

« Tu as peur que je voie qui c'est ? »

Elle le fixe, éreintée. Cette jalousie, en lui, cette parano…

« Putain, c'est ton curé ! »

Exaspérée, elle saisit son téléphone, exhibe le « maman » qui s'affiche sur l'écran. Il éclate d'un rire encore plus méchant.

« T'as toujours eu du bol, Alice, mais ça ne va pas durer. »

La sonnerie s'arrête pour reprendre de plus belle. Sa mère à nouveau. Que se passe-t-il ? Ce n'est vraiment pas son genre d'insister. Il la menace d'un geste.

« On parle, là. Tu lui réponds pas. »

Le silence revient dans le salon. Nouvelle sonnerie de son portable. Sa mère pour la troisième fois.

« Je te préviens, Alice, c'est elle ou c'est moi !

– Mais ça doit être urgent.

– Si tu lui réponds, je me casse ! »

La sonnerie dure. Alice est au supplice. Et si c'était un accident ? Tant pis, elle décroche. À l'autre bout de la pièce, il pousse un cri de rage.

« Oh, ma chérie, qu'est-ce que je suis contente que tu décroches. »

Il renverse des objets, il disparaît dans la chambre.

« Pourquoi tu m'appelles comme ça ? Qu'est-ce qui se passe, maman ?

– Je ne pouvais pas garder la nouvelle plus longtemps. Je viens d'avoir Valentine. Elle rentre en France demain, figure-toi ! »

Un blanc. Dans la chambre, il ouvre les placards, il jette des objets sur le sol.

« Tu m'as entendue ? »

Et elle qui voyait sa mère en sang sur un brancard à l'hôpital.

« Elle rentre… C'est-à-dire ?

– Elle quitte définitivement le Guatemala, Alice. Elle revient vivre en France. Oh, si tu savais ce que je suis heureuse. »

Un nouveau blanc. La porte d'entrée qui claque.

« Tout va bien, ma chérie ? »

La colère qui monte.

« Tu as vu combien de fois tu m'as appelée ? J'ai cru qu'il t'était arrivé quelque chose.

– Je sais, mais j'étais si excitée. Je voulais te le dire de vive voix. »

La douleur maintenant, celle de tous les maux dont il vient de l'accuser. Merde, qu'est-ce qu'elle en a à foutre de sa sœur !

« Je sais que tu as du mal avec Valentine, mais j'attends ce moment depuis si longtemps. Tu me promets de venir dîner à la maison avec elle, n'est-ce pas ? »

Ce silence dans l'appartement.

« Non, maman, je ne peux pas te promettre cela.

– Ma chérie, s'il te plaît. »

Elle crie soudain, Alice. Elle crie silencieusement contre le vide de l'appartement. Contre celui des murs. Des chaises. Contre sa mère et sa sœur, cette fouteuse de merde qui….

« Alice, pourquoi tu ne me réponds pas ? C'est à cause de lui, c'est ça ?

– Je vais raccrocher, maman.

– Attends, cela fait si longtemps que nous ne nous sommes pas parlé toutes les deux. Je… »

D'un geste brusque, elle éteint son portable, actionne le mode muet, puis elle traverse le salon, elle ouvre la porte d'entrée. Personne. Elle retourne sur ses pas, s'arrête devant les débris de l'assiette au sol. Tout est si douloureux. Ne devrait-elle pas aller chercher la balayette et nettoyer ? Elle part vers la chambre, elle s'arrête devant les deux lampes de chevet en morceaux, par terre, un peu plus loin, sur la chaise renversée et les placards grands ouverts. Tant d'hostilité. Et sa sœur qui, comme par hasard, choisit précisément ce moment-là pour réapparaître. A-t-il pris sa parka, au moins ? Sa sœur qui rend sa mère si gaie. Il fait si froid, dehors. Jamais elle n'aurait dû essayer de le raisonner. Éteindre toutes les lumières. S'allonger dans le noir. Ne plus penser à rien. Il finira bien par revenir, non ? Mais à qui parle-t-elle, Alice ? A-t-elle seulement parlé ? Là, le drap par-dessus son corps, et là, toute la couverture. Voilà. Il ne subsiste plus rien. Le rêve peut-être, mais dans quelle vie ?

Sur le lit, Alice se recroqueville. Qu'aurait fait Radegonde à sa place ? Et tous les autres, là-bas, en tas, dans son bureau ?

Consomption de son âme
Eaux débordées qui l'envahissent.

Le matin luit par la fenêtre. Dans le lit, Alice ouvre un œil. Personne. Elle attrape son portable. Rien. Aucun message, aucun SMS. Il est déjà tard, elle a très peu de temps. Elle se douche et s'habille en vitesse, balaie les débris en espérant, à chaque instant, qu'il l'appelle, puis elle claque la porte et dégringole l'escalier. Par ce temps, il a sans doute préféré rester dormir chez l'un de ses amis.

Une fois dans son bureau, elle compte les boîtes qu'il lui reste à ouvrir. Cinq en tout. En y mettant du sien, elle aura peut-être terminé avant ce soir. Elle jette un œil à son tél. Toujours rien. Elle finit par lui envoyer un texto : « Je m'inquiète pour toi. Donne-moi de tes nouvelles. Ton Alice. » Sa porte s'ouvre. C'est Anne-So qui lui demande si tout va bien. Alice acquiesce en s'efforçant de faire bonne figure.

« Tu déjeunes avec nous tout à l'heure ?

– Je ne pense pas. Je n'ai toujours pas fini.

– Quel dommage, Paula nous a gardé des parts du tiramisu qu'elle a servi aux évêques. Tu es certaine que tu ne veux pas nous rejoindre ? »

Elle fait exprès ou elle ne comprend pas ? Alice secoue la tête.

« Un autre jour, mais là, non.

– OK. Et sinon, Berthet m'a dit que pour ta ligne de tél et le wi-fi, le technicien passerait vendredi prochain.

– Très bien.

– Je dois te laisser, mais tu viens boire un café quand tu veux dans mon bureau, hein ? »

À peine a-t-elle refermé la porte qu'Alice se précipite sur son téléphone. Toujours aucun message. Sans doute vient-il d'arriver à son bureau et il n'a pas encore eu le temps de recharger son portable. Elle marche au milieu des piles de feuilles en essayant de retrouver son calme. Lorsqu'elle en aura fini des boîtes, elle disposera les tas par ordre alphabétique, puis s'attaquera enfin à cette foutue procédure. Espérons juste qu'elle… Nouveaux coups à la porte. Cette fois, c'est Berthet qui lui demande, à son tour, si tout va bien. Qu'est-ce qu'ils ont tous aujourd'hui ? Toujours aussi intimidée par le bonhomme, Alice opine.

« Vous êtes sûre ? Vous avez l'air bien pâle. »

Cette façon qu'il a de la scanner.

« Non, ça va, je vous assure.

– Dites-moi, j'ai enfin la date de notre session d'ouverture concernant la cause du père Sontag. Vous avez de la chance, elle a été repoussée à la fin du mois de janvier, ce qui ne nous empêche pas de procéder à notre petite répétition après-demain, n'est-ce pas ?

– Oui, oui, bien sûr. »

Il embrasse du regard tous les tas posés par terre.

« Je vois que vous vous activez. C'est parfait. »

Il revient à elle, plonge ses yeux dans les siens.

« Mais il ne faut pas oublier de manger, mon petit. »

Elle rougit violemment.

« Mais… je mange…

– Fort bien, fort bien. La santé avant tout, n'est-ce pas ? N'oublions pas qu'Il a multiplié les poissons et les petits pains ! »

Elle acquiesce, mi-déconfite, mi-stupéfaite.

« Au fait, j'ai oublié de vous le notifier, mais, depuis le *motu proprio* promulgué le 11 juillet 2017 par notre pape François, une troisième voie – en plus de celles de martyre et de vertus héroïques – est désormais acceptée pour les béatifications et les canonisations. Il s'agit de l'offrande de la vie. Vous étiez au courant ?

– Euh… non.

– C'est une bonne chose, qui, je l'espère, donnera envie à encore plus de personnes de devenir saintes. »

Alice ne peut s'empêcher un mouvement de surprise. Il la regarde, amusé.

« Pour un saint ou une sainte validés par l'Église, combien pensez-vous qu'il y en ait, au même moment, dans le monde ? Des dizaines de milliers que seul Dieu connaît, Alice, parfois même des non-chrétiens, voire de parfaits athées.

– Vraiment ? Mais alors… »

Elle s'interrompt d'elle-même. Il pose sur elle un regard plein de malice.

« N'ayez pas peur de le dire, Alice : si autant de saints nous échappent, pourquoi se tuer à la tâche pour ces quelques-uns ? »

Elle confirme d'un mouvement de la tête. Il hausse les épaules avec un certain fatalisme.

« Il faut bien donner des exemples, non ? »

Il éclate de rire.

« Parce que vous l'avez peut-être oublié, mais nous sommes tous censés devenir des saints. »

Elle ouvre grand les yeux. Il rit de plus belle.

« Je vous assure. Relisez vos Évangiles. Tel est le message du Christ.

– Mais… comment on le devient ?

– Eh bien, soit en étant martyr, chose plutôt rare en France, Dieu merci ! Soit en ayant fait preuve tout au long de sa vie de vertus héroïques, chose tout aussi rare à notre époque, soit enfin, grâce à ce *motu proprio*, en offrant volontairement et librement sa vie pour les autres, et là, ça devient tout à coup plus accessible, non ?

– Oui, enfin… »

Devant sa mine, il secoue la tête en riant.

« Soyez sans crainte, vous n'aurez nul besoin, ici, d'offrir votre vie pour la mienne, juste d'être monstrueusement organisée et discrète aussi ! Permettez-moi d'insister sur ce dernier point. Dès que vous allez être joignable, beaucoup de personnes vont chercher à vous soutirer des renseignements. Seulement motus, hein ? Pas un mot à ces fouineurs ! C'est entendu ? »

De qui parle-t-il ?

« Entendu, oui. »

Il se frotte les mains.

« Formidable. »

Il se dirige vers la porte, se retourne au moment de la refermer.

« Une dernière chose. Merci d'être là, Alice. Vous êtes une vraie bénédiction. »

Le compliment la percute de plein fouet. Elle va pour le remercier. Il a déjà disparu.

17 h 20. Alice vient d'extirper la dernière feuille de la dernière boîte. Après un quatrième SMS auquel il n'a pas plus répondu qu'aux autres, elle décide de passer outre son interdiction de l'appeler à son bureau. Tant pis s'il l'engueule. Elle a trop besoin d'entendre sa voix. Au bout d'une vingtaine de sonneries, une voix exaspérée de femme finit par répondre. Alice demande à lui parler en se présentant comme sa compagne.

« Sa compagne, vraiment ? »

C'est quoi, cette question ? Elle est tombée sur une folle ou quoi ?

« Bah oui… je ne comprends pas.

– C'est plutôt, moi, madame, qui ne comprends pas parce que cela fait quinze jours qu'il est absent. »

Alice manque de défaillir. La voix de la femme reprend.

« Vous ne le saviez pas ? »

Trouver un alibi. Vite.

« Je viens d'atterrir. J'arrive d'un long séjour à l'étranger…

– Je vois. Au revoir, madame. »

La femme raccroche. Alice regarde son téléphone, hébétée. C'est quoi, cette farce ? Tous ces derniers matins, il se levait, il partait même ! Pour aller où ? Et pour faire quoi ?

Elle tremble, Alice. À en avoir la nausée. Cette colère qu'elle a, soudain, pour toutes ces servantes et tous ces serviteurs de Dieu. Sans ce job, rien de tout cela ne serait jamais arrivé. Mais quoi exactement ? Elle fixe les tas au sol, balance un coup de pied dans deux d'entre eux. Flopée de feuilles qui s'envolent. Elle voudrait crier tout à coup. Insulter ce Dieu, leur Dieu, qui ne fait rien pour elle. Coups à la porte. C'est Charlotte qui la regarde sans dire un mot.

« Tu… n'aurais pas une agrafeuse ?

– Non. »

Charlotte reste, un moment, à contempler les feuilles dispersées au sol.

« Tu sais, Alice, pour toi aussi, c'est important ce que tu fais ici. »

Depuis quinze jours, bon sang…

« Tu peux me laisser, je dois me concentrer, là.

– Oui, bien sûr, excuse-moi. »

17 h 30. Alice, immobile, fixe les tas sans bouger. 17 h 35. Toujours aucun message de lui. 17 h 40. Où est-il et pourquoi ne lui a-t-il rien dit pour son job ? 17 h 45. Faut-il que sa sœur rentre pour que le malheur revienne. 17 h 50. Une minute de plus dans cette foutue pièce et elle explose. 17 h 51. Elle enfile son manteau, elle saisit son sac, elle ouvre la porte de son bureau, tombe nez à nez sur Sandrine qui la dévisage avec sévérité.

« Vous partez ?

– Oui.

– Mais… ce n'est pas l'heure. »

Garder son calme. Soutenir son regard. Elle a déjà tant tardé.

« Je sais.

– Très bien, très bien, comme vous voulez. »

Oui, comme elle veut. Et qu'elle ne s'avise pas de lui faire une deuxième remarque ou elle va se mettre à lui crier dessus. Et sur elles toutes, ici. Leurs chemisiers à col rond. Leurs jupes de laine. Leur bienveillance.

Elle court à présent, Alice. Elle court en se disant qu'il est déjà là, à l'attendre, dans le petit appartement.

Sur le pont, dans les rues, elle sourit presque. Qu'importe ce qu'il va lui dire. Elle l'aime si fort. Elle acceptera tout. Elle acquiescera à tout.

Et ils s'aimeront à nouveau.

Et ils s'aimeront à nouveau.

Et ils s'aimeront à nouveau.

Vie et miracles de saint Christophe – IIIe siècle

Comprenant que Christophe n'abjurerait jamais sa foi, le roi ordonna à plus de trois mille de ses soldats de tirer sur lui. Aucune flèche, cependant, ne l'atteignit, certaines restant même suspendues en l'air ! Furieux, le roi se mit à le couvrir d'insultes quand une des flèches, restée en l'air, se retourna contre lui et l'éborgna. Christophe lui déclara alors : « Sois sans crainte. Dès que je serai mort, c'est-à-dire aujourd'hui, prélève un peu de mon sang et enduis-en tes yeux. Aussitôt, tu retrouveras la vue. » Exaspéré, le roi ordonna qu'on lui tranche la tête, puis, prenant de son sang, il s'en frotta les yeux et recouvra la vue. Alors, il se convertit.

Chapitre 9

Deux jours déjà sans aucune nouvelle de lui. Au bureau et dans l'appartement, Alice n'est plus que l'ombre d'elle-même.

Trois fois – avant-hier soir, hier matin et hier, dans la nuit –, elle a appelé tous les commissariats et tous les hôpitaux sans aucun résultat. Depuis une heure, elle s'y recolle. Seulement, toujours la même réponse.

« Désolé, nous n'avons personne à ce nom. »

En désespoir de cause, elle a fini par fouiller dans ses affaires en espérant qu'il ne s'en rende pas compte. Seulement rien, là non plus. Alice n'en revient pas de son niveau de narcissisme. Voilà plus de cinq ans qu'ils vivent ensemble, elle ne sait même pas s'il a des frères, des sœurs, des cousins, des oncles. Comment a-t-elle pu faire preuve d'une telle indifférence à son égard ? Agitée, elle va et vient dans l'appartement. Appeler sa mère ? La connaissant, elle sautera sur l'occasion pour lui passer sa sœur. Geoffrey ? Il n'a jamais compris cette relation et il en profiterait pour déblatérer sur lui. Idem de Fatia et de Constance, ses deux amies de fac, qui, de toutes les façons, lui en veulent à mort de ne les avoir jamais rappelées. Sanglots répétés qui la secouent. Elle se roule dans les draps sans parvenir à se calmer, se lève, sanglote à nouveau, part dans la salle de bains, où elle se cogne le front contre les carreaux en le suppliant de revenir.

Dans le salon, elle finit par allumer la télé, où plusieurs scientifiques débattent autour de l'explosion de ces cas d'« enfants endormis » en Suède. Ce syndrome, dit de résignation, n'affecterait, jusqu'à présent, que des enfants de migrants dont la demande d'asile s'est vue plusieurs fois rejetée, d'où son nom. D'après les dernières études, il ne s'agirait pas d'un coma, mais bel et bien d'un sommeil qui… C'est quoi, cette histoire ? Alice éteint l'écran. Elle ouvre la fenêtre, elle la referme. Il a raison, quelque chose cloche en elle. N'importe qui d'autre se serait aperçu qu'il n'allait plus au boulot. Et demain, cette réunion avec Berthet. Elle aimerait avoir le courage de tout lâcher. Prendre des cachets, s'endormir comme tous ces enfants. Pourquoi ne la rappelle-t-il pas ? Si, au moins, elle avait su garder dans son ventre l'un de leurs deux enfants. Seulement, rien ne tient en elle. Tout dérape, tout meurt. Sa mère, pendant ce temps, qui fête en fanfare le retour de sa chouchoute. Comme si, en les abandonnant, Valentine n'avait pas juste failli la tuer de chagrin. À quoi bon s'être éreintée, toutes ces années, à courir au chevet de sa mère chaque fois qu'elle l'appelait en pleurs. Ce mur qu'elle a forgé en elle, Alice. Ce mur pour ne pas sombrer avec elle dans son néant de cigarettes, de cernes, d'alcool, d'envie de se tuer.

Ce mur qu'à l'évidence il ne supporte plus.

Au milieu des gémissements, elle tourne sans fin en cercle
À quand la domination, la gloire ?

Elle n'a pas dormi de la nuit et, ce matin, toujours aucun message. Alice se traîne jusqu'à la rue du Cloître-Notre-Dame, où Berthet lui saute dessus.

« Allez chercher, s'il vous plaît, le dossier du père Sontag et retrouvez-moi en salle de réunion.

– Mais… il n'est que 9 heures.

– La réunion est avancée. Allez, dépêchez-vous. Le notaire et le délégué épiscopal arrivent dans dix minutes. »

À peine entrée dans son bureau, Alice a un étourdissement. Quelle folie aussi, d'être venue. Voilà deux jours qu'elle ne mange quasiment pas. En se levant, ce matin, elle aurait dû se faire porter malade. Elle qui pensait, en plus, avoir une bonne heure devant elle pour jeter un œil au dossier. Où est-il, d'ailleurs ? Elle se fraie un chemin parmi les tas au sol, finit par le trouver, mais, au moment de le ramasser, la tête lui tourne si fort qu'elle doit s'appuyer contre le mur pour ne pas tomber. Ne surtout pas penser à lui, à son absence qui, heure après heure, la cloue sur place. Aller se faire un café ? Elle est encore trop faible. Lire quelques lignes sur ce père alors. Trouver, parmi les monceaux de feuilles, son libelle. S'extraire de cette angoisse qui l'étreint. Là, sa date de naissance, 6 juin 1869, à Dinsheim, en Alsace. Et là, une belle photo de lui en costume ecclésiastique. Il porte, au cou, une longue chaîne au bout de laquelle pend une grande croix d'argent fixée sur une large bande de tissu blanc qui ceint sa poitrine.

Visage émacié, longue barbe, de son regard émanent tout à la fois une intense gravité et une profonde douceur. Sur la légende, dans une belle écriture manuscrite, Alice peut lire : Jacques-Émile Sontag, archevêque d'Ispahan.

Un peu plus bas, il est fait mention de son « martyre » le jour où, en juillet 1918, « le père Sontag ouvre les portes de sa petite église à des milliers de chrétiens assyro-chaldéens en fuite, avant le massacre final, en Iran ». Massacre final ? En fin de libelle, elle découvre qu'il a été assassiné, à l'âge de quarante-neuf ans, devant cette même église d'Ourmia en essayant, avec trois autres de ses compagnons lazaristes, de protéger ces milliers de réfugiés. Tous sont morts, ainsi que la plupart de ces gens qu'ils ont tenté, jusqu'au bout, de sauver. Alice ferme les yeux et tente d'imaginer la scène. Les cris de haine des assaillants. Celui des hommes, des femmes et des enfants dans l'église. Le père Sontag au milieu du chaos. Sa prescience de l'horreur – si proche – à venir. Son calme face à eux tous, alors qu'autour de lui tout vire au sang et à l'effroi.

Alice se dit qu'un tel type aurait, sans aucun doute, trouvé les mots pour apaiser cette tempête en elle. Mais il a été tué et il n'existe plus. Fauché, rayé, anéanti par l'ennemi. Pas même la trace d'une sépulture.

« C'est vous, la personne en charge du promotorat des causes des saints ? »

Alice se retourne pour découvrir la petite femme tout en muscles, très brune, la cinquantaine, qui vient de pénétrer dans son bureau et s'adresse à elle avec colère.

« Oui, c'est moi… »

La femme jette un œil exaspéré aux nombreux tas par terre.

« Vous déménagez ? »

Alice, décontenancée, fait non de la tête. La femme arrive à sa hauteur.

« Je suis Magda Demir et je viens m'enquérir de la cause d'Ida Leyrat, ex-sœur Marie-Ange. »

Ce prénom, Ida ! Images d'océan. De main rugueuse et noire. De chaleur écrasante. De poissons morts, de crabes…

« Oh ! Je vous parle. »

Alice sursaute.

« Excusez-moi… Je…

– J'en étais sûre ! Vous ne savez même pas de qui je parle. C'est un scandale ! Et quand je vois le désordre ici. Ida Leyrat, bon sang.

– Écoutez, je…

– Non, je sais d'avance ce que vous allez me répondre. De vous écrire un mail ou de vous appeler. Quatre mois que j'essaie et rien, aucune réponse. Comme si je n'avais pas droit à un minimum de respect en tant que postulatrice de la cause. Et tout ça, parce que je ne suis même pas chrétienne et que je ne connais aucun archevêque, cardinal, pape ou je ne sais quoi. Mais je vous préviens, c'en est fini de me balader. Je ne sortirai pas de ce bureau sans avoir vu son dossier, à Ida. »

Ida ! Le petit nom qu'elle donnait à sa nourrice. Avec une force inouïe, tout, soudain, remonte et s'emmêle.

Vagues du Pacifique, rire de sa mère, cris des oiseaux dans le ciel, plages de sable noir, œufs de tortue par milliers, Sontag, en sang, devant l'église, œufs par milliers qui éclosent, lit vide, rire de son père, cris par milliers des assaillants, cris par milliers des oiseaux, aucun message, no SMS, nuées d'oiseaux dans le ciel, course éperdue des bébés tortues, plongeon, massacre, elle… La voix d'Anne-So, au loin. Très en colère.

« Combien de fois faudra-t-il vous dire que vous n'avez pas le droit de venir ici. Alice, ça va ? Tu m'entends ? »

Alice la fixe sans répondre. Ce vacarme des vagues, mais surtout la chaleur de ce corps contre le sien.

« Vous avez vu dans quel état vous l'avez mise ?

– Attendez, je lui ai juste demandé le dossier d'Ida Leyrat et elle n'a pas…

– Cela fait à peine quinze jours qu'elle est là.

– Je ne pouvais pas le savoir.

– C'est ça, vous ne le pouviez pas. Sortez maintenant.

– Très bien, mais si je n'ai pas de nouvelles, je reviendrai. »

Claquement de porte. Voix révoltée d'Anne-So.

« Comme si on allait la sanctifier d'un claquement de doigts, sa copine ! »

Chaleur de ses mains sur son visage.

« Alice ?

– Je… je dois aller retrouver Berthet en bas.

– Tu es sûre que tu ne veux pas un café ? Je te le fais en deux minutes. »

Elle fait non de la tête.

« Je pars t'en faire un quand même. »

Seule à nouveau. Encore sous le choc de ce déluge d'images, elle reprend doucement son souffle. Aucun message de lui sur son tél. Elle voudrait s'asseoir par terre, pleurer. Se vider de tout jusqu'à ne plus rien sentir. Mais elle est si en retard. Berthet doit fulminer. Sans attendre le retour d'Anne-So, elle s'en va.

Dans la salle de réunion, Berthet, tendu, la présente rapidement au père Gilet qui a « très gentiment accepté d'être notaire pour cette cause » et au père Lequeux, le délégué épiscopal, « un habitué de la maison », avant d'inviter chacun à s'asseoir autour de la grande table.

« Pas vous, Alice. Vous restez à mes côtés.

– D'accord, mais je voulais vous dire que…

– Plus tard, là, nous n'avons pas le temps. »

Elle s'exécute, consternée. Si cette folle n'avait pas déboulé dans son bureau, elle aurait, au moins, eu le temps de le prévenir de son manque total de préparation. Elle retient son souffle, n'osant pas imaginer le fiasco. Berthet s'assied et prend la parole.

« Bonjour à tous et merci d'être venus. Comme vous le savez, nous allons répéter aujourd'hui la scène à laquelle, bientôt, nous serons tous conviés, et cela, pour ne commettre aucune erreur le jour dit. »

Il se tourne vers le notaire.

« En temps normal, c'est vous qui présentez les documents au fur et à mesure que je lis le procès-verbal. »

Il désigne Alice.

« Mais, aujourd'hui, c'est mademoiselle Fogère, ma nouvelle assistante, qui se chargera de vous les remettre et ce, pour vous permettre de vous familiariser avec la procédure, n'est-ce pas, Alice ? »

Comme si la procédure lui était familière à elle. Sans même attendre sa réponse, il se tourne, à nouveau, vers le notaire.

« Chaque fois que vous récupérez un document, vous le transmettez aussitôt au promoteur de justice, lequel le passera au délégué épiscopal, qui le donnera au président de séance. Le promoteur n'étant pas là aujourd'hui, vous les remettrez au fur et à mesure au délégué épiscopal, c'est entendu ? »

Tête troublée du notaire. Berthet lui adresse un grand sourire.

« Parfait. Nous allons pouvoir commencer. »

Un grand silence. Alice, livide, se retient de respirer.

« Les pièces suivantes sont présentées au président de séance : le libelle. »

Il se tourne vers Alice, qui, soulagée de savoir de quel document il s'agit, le trouve et le passe au notaire. Berthet, impassible, continue.

« Le *nihil obstat.* »

Fébrile, Alice se met à le chercher sans savoir du tout à quoi il ressemble. Prise de panique, elle s'y reprend à deux fois… sans succès. Berthet finit par s'impatienter. Alice croit, à un moment, tomber sur des lignes en latin, mais s'agit-il, pour autant, du bon acte ? Elle n'en a pas la moindre idée et l'agacement de plus en plus perceptible de Berthet, à son côté, ne l'aide pas. Encore moins le poids de tous ces regards braqués sur elle.

« Il y a un problème, Alice ?

– Je… je n'arrive pas à le trouver, monsieur, pardon, je veux dire, monseigneur. »

Petit rire moqueur du délégué épiscopal. Berthet, crispé, s'empare du dossier et se met à chercher lui-même en pestant.

« Comment voulez-vous vous y retrouver ? Rien n'est en ordre ! Ah, tenez, le voilà ! Alice, vous voyez le tampon de l'archevêque ? C'est cela que nous recherchons ! Toutes les pièces en sont marquées. »

Alice, confuse, saisit le papier et le tend au notaire, qui lui adresse un beau sourire d'encouragement. Berthet, concentré, reprend.

« L'avis de la conférence des évêques. »

L'avis de quoi ? Le cœur d'Alice s'arrête de battre. Elle a très chaud soudain.

« Alice, qu'est-ce que vous faites ? »

Sa vue qui se trouble, ce bourdonnement dans ses oreilles.

« Alice ? »

Où est-elle ? Et Ida, son rire ? Il y avait des crabes aussi. Des crabes violets sur le sable noir. Des milliers de tortues qui venaient s'échouer sur la plage et qui creusaient des trous… La voix de Berthet, au loin. Puissante. Et lui, dans leur appartement, lui qui n'est pas là. Personne d'ailleurs. Pas même l'oiseau. Alors, partir, non ? Tout fait si mal. Elle se tourne, très pâle, vers Berthet, inquiet soudain.

« Qu'est-ce qui vous arrive, mon petit, vous allez bien ? »

Ce poids si lourd derrière sa tête. Au ralenti, elle lui fait signe que non. Trouver la force de se lever maintenant. Seulement, son corps s'effondre au milieu de cris qu'elle ne distingue pas, ceux des oiseaux peut-être, tant et tant de bébés tortues sur cette plage, quel âge pouvait-elle bien avoir, et Ida, sa nourrice, qui la serrait si fort, les poissons qui bondissaient, sa petite sœur qui n'existait pas encore, le feu, mais quel feu ? Tandis qu'à la surface il ne revient toujours pas, alors qu'à M., dans leur maison, à M. où sa sœur lui envoyait carte sur carte et où les deux enfants qu'elle portait… et que dans l'église là-bas, l'église où elle n'aurait jamais dû lire cette annonce et où eux tous priaient, mais qui, quel saint exactement et sur quelle plage tandis qu'Ida courait et qu'il n'existait pas, lui qui ne l'appelle plus et qu'elle réclame si fort, si fort…

Chapitre 10

Course, valse autour d'elle tandis qu'Alice reprend peu à peu ses esprits : Berthet tapotant ses joues, Anne-So, arrivée à la rescousse, levant haut ses jambes, Charlotte et le notaire l'éventant en lui demandant si elle souhaite qu'on appelle les pompiers. Non, ce n'est vraiment pas la peine, elle n'a juste pas dormi depuis deux jours, et... Un thé sucré, alors ? Ça oui, en revanche, elle en veut bien, non, pas de gâteau au chocolat, mais c'est tellement gentil de proposer, ça y est, elle se sent déjà mieux, elle va pouvoir se lever, voilà, elle est debout.

Course, à nouveau, autour d'elle pour l'accompagner jusque dans la petite pièce du premier étage qui fait office de salle d'attente des rendez-vous des vicaires généraux. Valse pour lui trouver un fauteuil, pour lui demander si elle souhaite qu'on appelle son mari, pour savoir si ça va mieux, si elle désire un autre thé.

Anne-So, à présent, restée seule à ses côtés. Est-ce le retour du silence ? La façon dont elle prend sa main dans la sienne ? Sur le visage d'Alice, les larmes ne s'arrêtent plus. Elle se sent si vide depuis qu'il n'est plus là.

Dans le petit restaurant où elle a absolument tenu à l'embarquer, Anne-So l'encourage d'un sourire.

« Surtout, ne te gêne pas. Nous sommes invitées. J'ai fait paraître un article sur le couple qui tient ce restaurant. Pendant toute la durée du confinement, ils ont confectionné et distribué gratuitement quatre cents repas par jour aux SDF et aux familles démunies du quartier. Dommage qu'ils ne soient pas là aujourd'hui, j'aurais aimé te les présenter. Pour me remercier, ils m'ont offert de venir déjeuner avec qui je voulais, et comme mon mari est en mer…

– Il est marin ? »

Anne-So fait une moue, amusée.

« Oui, enfin, marin des profondeurs.

– Il est plongeur ? »

Anne-So part d'un grand rire.

« Plongeur à Paris, alors là, avec mes sept enfants, je serais super mal. Non, il a rejoint la Force océanique stratégique en tant qu'ingénieur atomicien. Il travaille dans les sous-marins nucléaires, *Le Téméraire* en ce moment, et pour trois mois encore, mais parlons plutôt de toi. »

Alice, gênée, baisse la tête. Tout est si neuf depuis ce matin. Ces images ressurgies de l'enfance. Cette perte brutale de connaissance. Cet élan autour d'elle. Ce restaurant à présent. Ce tête-à-tête. Anne-So insiste. Douce.

« Tu veux bien ?

– ….

– Tu sais, on s'inquiète pour toi au bureau. »

Le cœur d'Alice se serre.

« Tu es si sauvage. »

Sauvage… À son retour du Guatemala, la maîtresse de son école primaire lui avait collé cette étiquette et, très vite, tous les élèves de son école.

« Alice, ça va ? »

Sur le chemin du retour, certains lui jetaient des cailloux en la traitant de va-nu-pieds ou encore de demeurée.

« Je ne veux pas te troubler. Je cherche juste à comprendre pourquoi tu nous fuis comme ça.

– Je ne vous fuis pas.

– À peine arrivée, tu fermes la porte de ton bureau, tu refuses tous les cafés qu'on te propose, à déjeuner, tu t'en vas en douce, le soir, tu pars sans saluer personne.

– ...

– C'est à cause de la procédure ? Tu ne t'en sors pas ?

– Mais non...

– Avec le poste que tu occupes, tu pourrais rencontrer un tas de gens formidables. »

De quoi elle parle, quels gens ?

« Tes futurs saints sont peut-être morts, mais pas leurs disciples. Le bien que cela te ferait de les connaître. Seulement, impossible de te proposer quoi que ce soit. Tu as l'air constamment si préoccupée et si… absente.

– …

– Qu'est-ce qui ne va pas ? »

Tout lui raconter ? Elle paraît si solide, cette fille. L'exact opposé de sa mère, si déglinguée depuis son divorce. Là, non. Partout, une stabilité, une limpidité qui rassurent.

« Si c'est de notre faute, il faut nous le dire, Alice. »

Ce flot de larmes qui remonte.

« Mais non, c'est juste que… »

Elle se sent si étrangement perdue sans ses demandes incessantes, ses SMS, sans même ses crises. Comme si…

« Tu allais dire quelque chose. »

Pourquoi résister plus longtemps ? De toutes les manières, elle n'aura pas la force de tenir une nuit de plus sans lui. Alors oui, tout plutôt que de vriller dans le petit appartement, devenir dingue peut-être, elle ne sait pas, elle ne sait plus, cette masse d'abandon et de douleur en elle, elle est au bord de perdre le contrôle, oui, tout balancer à cette fille, sa fugue, son silence depuis trois jours, la découverte de ses quinze jours d'absence à son boulot, leur fusion jusqu'alors, leur amour si vaste.

« Voilà, tu comprends mieux, maintenant ?

– Je comprends surtout que tu es à bout, Alice. »

La fermeté de sa voix. Alice voudrait bien s'en défendre, mais comment ? Elle a raison, elle n'en peut plus. Elle a si peur, en même temps, qu'il ne revienne jamais.

« Attends, s'il lui était arrivé quelque chose, la police ou les pompiers t'auraient déjà appelée. »

Cette chaleur qui revient en elle.

« Tu crois ?

– J'en suis sûre. En revanche, ce n'est absolument pas normal de partir comme ça sans plus te donner de nouvelles. Quelles que soient ses motivations, ton mari n'a pas à agir de la sorte. »

Elle entend, oui. Mais il est si fragile.

« La personne fragile, c'est toi, là, devant moi, Alice. »

Alice baisse à nouveau les yeux.

« Je me sens si perdue sans lui. »

Anne-So lui saisit les poignets.

« Alice, regarde-moi. Je suis là. Et puis, il y a Dieu aussi, non ? »

Dieu ?

Racines des mangroves partout s'enfonçant, s'enchevêtrant. Moustiques, par milliers, tourbillonnant. Courses, pieds nus, parmi les entrelacs pointus. Mains, genoux écorchés. Cadavres dévorés d'iguanes, de caïmans. Singes hurleurs. Rire d'Ida. Brûlure du soleil. Cinglance du soleil. Puis rien, plus rien. Monde de portes, de murs, de grilles, de haies, de verrous.

Dieu ?

Cristaux de sel sur la peau de ses bras dorés. Arêtes de poisson longues comme des doigts. Gueules des chiens errants qu'elle seule approchait. Tapirs, lamentins, tatous, aras. Puis rien, plus rien. Monde d'horaires, de tableaux noirs, de pulls, de sous-pulls, de fermetures éclair, de corps rigides, de froid.

Dieu ? Combien de temps à l'attendre, enfant ?

Dieu, le bois foudroyé, le mangeur de serpents. Dieu, la chair tendre du poulpe. Dieu, l'explosion des moussons. Dieu, le basalte. Dieu, l'antre d'Ida, les bras d'Ida. Dieu, la faim qui tenaille. Dieu, la nuit qui tombe à la vitesse d'une pierre. Puis rien, le néant jusqu'à cet amour, leur amour… La voix d'Anne-So au loin.

« Veux-tu que nous Le priions ensemble ? »

Alice revient lentement à la surface.

« Tu le veux bien ? »

Alice, déconcertée, secoue la tête.

« Comme tu veux, mais penses-y et n'oublie pas de prier tes futurs saints aussi, sans parler de tous ceux d'ici.

– D'ici ?

– Ceux de Paris. Tiens, là, derrière toi, saint Jacques et, juste en face, saint Michel, un peu plus loin, après l'Hôtel de Ville, saint Gervais et tout là-bas, sur la Seine, sainte Geneviève. Tu es allée voir sa statue ? »

Elle est sérieuse, là ? Alice lui fait signe que non.

« Eh bien vas-y et n'aie pas peur de lui demander ce que tu veux. Stop, je m'emballe et je vois que je te fatigue. Tu ne termines pas ton assiette ?

– Je… n'ai plus faim.

– Tu veux dormir chez nous ce soir ? »

Chez elle avec tous ses enfants ? Et s'il revenait ?

« C'est vraiment gentil, mais non. »

Anne-So sort de son sac un bout de papier sur lequel elle griffonne quelques lignes.

« Tiens, c'est mon adresse et mon num', au cas où. Enregistre-les sur ton tél. »

Elle sort un deuxième papier.

« Et ça, c'est la prière miraculeuse à saint Expédit, tu la connais ? C'est le patron des jeunes et des examens, des réconciliations dans les conflits et des affaires pressantes. Dis sa prière avec ferveur et, tu verras, ça marche. »

Alice, gênée, saisit le papier. Anne-So se lève.

« Allez, viens, je t'emmène voir sainte Geneviève. Ça va te dégourdir les jambes et te changer les idées. »

Alice se décompose.

« Mais… le boulot

– Cet après-midi, repos. Ordre de Berthet. Et demain, si et si seulement tu te sens mieux, tu essaies de venir pour l'installation de ta ligne, OK ? »

Prière à saint Expédit

Saint Expédit, par la grâce de votre martyre et par votre puissante intercession depuis le Ciel, je me recommande votre prière dans cette affaire qui me préoccupe.

Saint Expédit, qui avez tout perdu et qui avez péri glorieusement par le glaive, priez pour nous.

Saint Expédit, patron des écoliers et de la jeunesse, patron des examens, priez pour nous.

Saint Expédit, modèle des soldats, protecteur des voyageurs, priez pour nous.

Saint Expédit, consolateur des affligés, secours dans les affaires pressantes et urgentes, soutien très fidèle de ceux qui espèrent en vous, priez pour nous.

Saint Expédit, avocat des pécheurs, santé des malades, médiateur des procès, priez pour nous.

Saint Expédit, patron des réconciliations, priez pour nous, priez pour moi, pour ma famille, pour tous ceux qui m'entourent.

Saint Expédit, je vous en supplie, ne remettez pas à demain ce que vous pouvez faire aujourd'hui.

Venez à mon secours dès maintenant. Écoutez-moi, exaucez-moi, que mon cri monte vers vous et soit présenté par vos soins au Père céleste. Par les mérites de la passion de Jésus-Christ auquel votre martyre vous a associé.

Amen.

Chapitre 11

« Gare de Lyon, demain, 7 h 28 du matin, TGV 6786. »

Encore lourde de sommeil, Alice lit et relit le SMS qu'il lui a envoyé, la veille, à… 23 h 47. À cette heure-là, elle dormait depuis longtemps. Affolée, elle jette un œil à son réveil : 6 h 50. Elle se lève d'un bond, fonce à la salle de bains, se douche, s'habille à une vitesse record, claque la porte, dévale l'escalier, court jusqu'à la station Les Halles, court dans les escalators, et qu'importent les jurons, les regards excédés, elle est si heureuse, Alice, la saleté des sols, et même le corps de ce clodo que tous contournent par terre, elle est si soulagée, si excitée, pourvu que ce RER arrive, elle a si fort besoin de sentir ses mains, son regard, ses yeux.

« C'est à cette heure-ci que tu arrives ? »

Elle se retourne, à bout de souffle, le découvre, folle de joie.

« J'ai fait de mon mieux, je suis désolée. »

Il a ce petit rictus qu'elle a appris à redouter.

« De ton mieux ! »

Elle le fixe, désarçonnée. Pourquoi ne l'a-t-il jamais rappelée ? Où a-t-il dormi ? Chez qui ? Seulement, il pue l'alcool. Inutile d'essayer même de le lui demander. Il la jauge d'un air mauvais.

« Tu aurais pu, au moins, mettre la petite robe rouge que je t'ai offerte.

– Mais tu sais bien que je travaille…

– Ah, parce que, en plus, tu n'as pas pris ta journée ? »

Elle le regarde sans savoir quoi répondre.

« Donc, en gros, tu viens juste me faire la bise et, après quoi, ciaò ! »

Elle voudrait lui dire que non. Elle est tétanisée.

« Tu as pris ta journée, oui ou non ? »

Ce ton si agressif. Merde, elle n'aime que lui pourtant. Quand est-ce qu'il…

« Alice, je te parle, tu joues à quoi, là ? »

Tout va si vite. Elle n'aurait jamais dû dormir quinze heures d'affilée.

« Putain, faut que je te le demande combien de fois ? Tu as pris ta journée, oui ou non ? »

Il a raison. Elle aurait dû. Elle baisse la tête.

« Ben... non. »

Il a ce geste brusque pour l'écarter.

« C'est bon, va rejoindre tes petits copains pédophiles ! »

Elle lui saisit la main.

« Attends, tu veux que je les appelle pour prendre ma journée ?

– Fous-moi la paix !!! »

Il s'éloigne à grands pas. Elle le rattrape, affolée. Elle était si heureuse de le revoir, elle… Il ne lui laisse pas le temps de terminer sa phrase. Il la repousse en arrière et, cette fois-ci, si violemment qu'elle tombe. Des voyageurs interviennent. Il les insulte, puis part comme un dingue en direction du métro. Elle sait qu'elle ne devrait pas le suivre. La victoire est si proche… Elle ne peut pas tout gâcher. Elle se relève, elle court après lui. Elle l'aime si fort. Il l'aime si fort. Il se retourne, ivre de colère.

« Encore un mot et je te raye de ma vie. »

Elle pleure en s'accrochant à lui. Inquiets, des voyageurs s'arrêtent. Piteuse, Alice cherche à les rassurer. « Ce n'est rien. Juste une dispute de couple. » Il en profite pour se dégager d'elle en la poussant à nouveau. Deux femmes la rattrapent de justesse tandis qu'il disparaît. Alice, tremblante, leur demande par où il est parti. Aucune ne sait. L'une se penche vers elle.

« Il ne faut pas rester avec cet homme. »

Alice ne répond rien. Les voyageurs, un à un, repartent. Il ne réapparaît pas. Perdue, elle erre à sa recherche dans le hall de la gare.

Parmi les ruines et les décombres
Qui l'abreuvera à la coupe de la délivrance ?

Lorsqu'elle sonne au 6 rue du Cloître-Notre-Dame, c'est Isabelle de la Motte de la Margerie, l'assistante de Berthet, qui vient à sa rencontre, tout sourire, avec sa jambe dans une attelle.

« Alice, je suis tellement désolée de vous avoir fait faux bond. Monseigneur Berthet m'a dit que vous aviez eu un malaise, hier. »

Cette joie si simple qui la renvoie à tout ce qu'elle ne vit pas. Elle opine d'un mouvement de la tête. Isabelle s'approche d'elle.

« Je sais combien cette procédure est compliquée. Monseigneur Berthet en est si familier qu'il a tendance à l'oublier. »

Elle s'approche un peu plus, lui chuchote à l'oreille.

« Ne lui dites surtout pas que je vous l'ai dit, mais si vous avez des questions, allez voir le père Thiéret, à l'étage. Il a été plusieurs fois nommé délégué épiscopal pour des enquêtes. Je suis certaine qu'il n'hésitera pas à vous aider. Allez, courage, vous allez y arriver. »

Alice la remercie dans un souffle. Pourvu qu'elle ne rencontre personne d'autre. Elle va si mal, ce matin. Raté ! Anne-So lui tombe dessus dans le vestibule.

« Alors, il est revenu ? »

À nouveau, cette gentillesse qui la met au supplice. Alice acquiesce. Le visage d'Anne-So s'illumine.

« Tu vois, je te l'avais dit, un vrai truc de dingue, cette prière. »

Tu parles ! Son putain de taux d'alcool et d'agressivité, oui !

« Il ne faudra pas oublier d'aller remercier sainte Geneviève aussi. Je te l'avais dit, avec elle, quand on lui fait une demande, c'est du béton. »

Sauf qu'hier Alice ne lui a rien demandé. Tandis qu'Anne-So lui narrait ses prodiges, Alice a aperçu ce grand chien noir sur le trottoir d'en face. Aussitôt, comme aimantés, tous deux se sont regardés. Œil à œil, corps à corps, douleur à douleur, ciel à ciel, errance à errance, dents à dents et songe. Mais à qui raconter cela ? Face à sa petite mine, Anne-So s'alarme.

« Il t'a dit, au moins, pourquoi il était parti comme ça ? »

Alice détourne la tête.

« Non.

– Tu ne le lui as pas demandé ? »

Cette honte en Alice. Elle se revoit, à la gare, comme folle, en train de le supplier.

« Ça s'est plutôt mal passé…

– Comment ça ?

– Je suis arrivée avec dix minutes de retard... Il n'a pas supporté... »

Ce trouble dans les yeux d'Anne-So.

« Alice, ça ne va pas du tout, là. »

Ça ne va pas, non.

« Je vais l'appeler et lui dire deux mots.

– Non, surtout pas.

– Enfin, c'est insensé ! Trois jours que tu l'attends et lui, pour dix petites minutes de retard, il te crie dessus ? La personne qui devrait être en colère, c'est toi, pas lui ! »

Dring strident de la sonnette extérieure. Anne-So lâche un soupir.

« À coup sûr, c'est le technicien pour ta ligne de téléphone. Allez, file. On s'en reparle à déjeuner de toutes les façons. »

Mais, à midi, Alice file en douce.

Pendant plus de deux heures, le technicien n'a pas cessé de vitupérer contre l'inflation, la réforme des retraites, les infirmières mal payées, les politiques corrompus, la débilité des réseaux sociaux, la mafia des pollueurs, le fric des Qataris, le G8, la violence des jeunes, la guerre… Sa sœur, là-dessus, qui lui laisse un message : « Alice, cette situation est ridicule, voyons-nous et parlons-nous. » Et comme si cela ne suffisait pas, ces cinq SMS d'insultes qu'elle reçoit pile-poil au moment où Berthet entre pour prendre de ses nouvelles, le technicien qui en profite pour en remettre une louche sur les curés et les scandales qui secouent toute l'Église. Berthet, exaspéré, le priant d'effectuer son travail en silence :

« Quant à vous, Alice, je vous serais gré d'éteindre votre portable. Pas étonnant que vous soyez perdue si on vous appelle toutes les cinq minutes ! »

Elle n'a pas le temps de lui répondre. Il claque la porte. La réaction du technicien ne se fait pas attendre.

« Tous des vendus. »

Cette fois, c'est Alice qui lui demande de se taire. Il rétorque qu'il a le droit de dire tout haut ce qu'il veut, qu'on est encore en démocratie, qu'il n'a pas peur du pape, de Dieu, ni d'aucune femme, que si on avait plus écouté des gens comme lui, le monde ne serait pas dans l'état dans lequel il est, qu'il...

« C'est bon, je me casse. »

Sous les yeux médusés du bonhomme, elle enfile son manteau et elle file sans même le saluer.

Une fois dehors, elle se prend à regretter qu'il fasse beau. Des trombes d'eau lui auraient fait un tel bien.

Elle rejoint le pont à grandes enjambées. Trois jours à l'attendre comme une conne. Elle a raison sur toute la ligne, Anne-So.

Enfin, elle aperçoit l'oiseau. Elle s'approche. Il ne bouge pas. Elle a tant besoin de s'extraire du monde. Ne plus ressentir sa contagion de désespoir et de fureur. Elle s'arrête, elle le regarde. Dans le lac immense et noir, elle se laisse couler.

Jusqu'à ce que, tout entier, son corps s'immerge dans la nuit.

Lors, Alice se met à lui parler. À lui, l'oiseau dans la ville. À lui rapporter la scène de ce matin à la gare. À lui dire que cela n'est plus possible. Elle a l'impression d'avoir déjà tant fait depuis leur départ de M. À lui avouer que, « là-bas aussi, il faisait des crises », seulement, là-bas, ils étaient seuls : personne pour demander des comptes ou les pointer du doigt. Tout le contraire d'ici, où elle se retrouve sans cesse à devoir se justifier. L'œil de l'oiseau frémit. Elle repense à ce Jean-Émile Anizan dont elle a parcouru le libelle, prêtre aumônier volontaire en 1914 à Verdun, qui, sans relâche, sous les pluies d'obus, prêchait, réconfortait, confessait, enterrait, « tâchant de faire œuvre de charité au milieu des œuvres de haine et de sang ». L'oiseau frémit à nouveau. Alice hoche la tête. D'accord, c'est promis, elle lui parlera ce soir et lui dira qu'il ne peut plus la traiter de la sorte. Qu'il n'a pas le droit. Les ailes de l'oiseau se soulèvent. Alice se tait. L'oiseau s'envole.

Monologue 3

Qu'est-ce qui m'a pris aussi de n'écouter que ma douleur, de gravir, une à une, les marches de l'escalier, si résolue, si droite, avec la ferme intention de lui tenir tête, de l'affronter, d'introduire la clef dans la serrure les poings tendus, d'ouvrir la porte de l'appartement la mâchoire serrée, comme s'il allait inéluctablement m'insulter, pire, me hurler dessus, comme si, après seulement trois jours d'absence, il ne me restait plus que cette image dégradée, pourrie, de lui. Comme si je n'avais jamais rien reçu d'autre de lui que cette putain de violence, comme si tout le reste entre nous n'avait pas existé. Et lui, au lieu de cela, recroquevillé sur le lit en chien de fusil, penaud, si penaud, se confondant en excuses, il m'aime tant, pour rien au monde il ne veut me faire du mal, cette femme, dans son nouveau job, qui le harcèle depuis qu'il a refusé de coucher avec elle. « Mais comment t'en parler, Alice ? Tu étais déjà si stressée avec ton boulot. »

Ce placard sans fenêtre où elle l'a relégué et où il subit, comme à M., les moqueries de ses collègues.

« J'avais si peur que tu ne me croies pas. »

Ce dernier jour où il a complètement craqué et où il s'est pété la gueule au point de ne plus être en état de rentrer. Cette honte en lui.

« Tu dois me sortir de cet enfer, Alice. »

Ce pote qu'il a appelé au secours et qui lui a filé les clefs de sa maison. Les trois jours qu'il y a passés à se dire que jamais, à cause des horreurs subies, enfant, il n'arriverait à s'en sortir, à s'interdire, du coup, de répondre à tous mes messages, pour ne pas m'entraîner plus en avant dans cette chute avec lui, pour ne plus me faire de mal. Il m'aime tant.

« Si tu savais, Alice. »

Qu'est-ce qui m'a pris de douter de lui, d'écouter Anne-So, le rire d'Anne-So, les conseils d'Anne-So, tandis qu'il se confond, une fois de plus, en excuses. Ce matin, à la gare, il avait bu, c'est vrai, il avait si peur que je lui dise c'est terminé. En me voyant partir à mon boulot, il a complètement paniqué, mais il va se prendre en main, il me le jure, en commençant par consulter un addictologue pour en finir avec tous ces monstres dans sa tête, il a, cependant, tellement besoin de savoir si, oui ou non, je suis prête à faire ce bout de chemin avec lui, si, oui ou non, je suis disposée à l'accompagner, à le sauver, à le pardonner, je suis si importante à ses yeux, sans moi à ses côtés, il n'y arrivera jamais, il me promet des cadeaux en cascade, s'excuse encore pour les insultes, m'assure que, le temps de trouver un poste ailleurs, il tiendra le coup au boulot, me jure, oui, de ne pas sombrer, de me donner, bien sûr, les numéros de ses amis, comment n'y a-t-il pas pensé plus tôt, de ne plus jamais rien garder pour lui, il a si fort besoin de moi, de mon courage et de ma force aussi et, plus que tout, de cette si belle étincelle qu'il a décelée dans mes yeux le premier jour, cette flamme qu'il s'est efforcé de raviver, jour après jour, et qui, grâce à lui, brille de mille feux aujourd'hui, comment ai-je pu oublier cela ? Les mots brûlants qu'il n'arrête pas de m'écrire, ses SMS bourrés de cœurs, sa peur constante que les autres me fassent du mal, ses bouquets de fleurs, cette balade sous un orage où, pour la première fois, il m'a embrassée ?

Qu'est-ce qui m'a pris de perdre espoir, de me persuader qu'il ne m'aimait plus, de penser qu'il ne reviendrait pas, alors qu'il m'entraîne vers la chambre, heureux, si heureux de ce pardon que je viens de lui accorder, qu'il me demande de me déshabiller, de l'exciter, nue, devant lui, alors qu'il s'allonge sur moi, qu'il m'embrasse en m'appelant ma reine, qu'il me demande de mettre un doigt dans son cul, qu'il bande et me pénètre en me disant qu'il me veut pour lui seul, et qu'il va et vient en moi de plus en plus vite, de plus en plus fort, engouffrant ses doigts dans ma bouche, qu'est-ce qui m'a pris d'angoisser à ce point, de lui en vouloir à ce point, alors qu'après avoir joui il me chuchote à l'oreille qu'il m'emmène, là, tout de suite, à M., qu'on dormira dans une chambre d'hôtel là-bas, qu'on y passera tout le week-end, et quand je m'inquiète pour l'argent, d'avoir ce léger haussement d'épaules, ce sourire aussi, comme si nous n'étions pas « au-dessus » de cela, comme si, après tout ce que lui avait fait vivre cette pute, il n'allait pas partir sans obtenir une putain d'indemnité.

Qu'est-ce qui m'a pris de ne pas avoir eu la force, la foi d'attendre, de ne pas m'être souvenue avec quelle persévérance il m'avait remise sur pied, moi, un vrai zombie à l'époque, j'en ris à présent tandis qu'il m'invite dans ce superbe restaurant qui donne sur la mer, ce restaurant où je rêvais d'aller quand nous habitions là-bas, cette joie, à présent, qui déborde, je pourrais presque croire à un miracle et, dès le lendemain matin, cette longue promenade, main dans la main, sur la plage, ce retour dans la chambre où, de nouveau, il a envie de moi, cette douche prise ensemble, puis ce superbe restaurant jusqu'à ce SMS d'Anne-So qu'il intercepte en jetant un œil à mon tél, ce SMS qui me demande « si tout va bien, s'il s'est calmé, si je vais mieux », son air mauvais qui, d'un seul coup, ressurgit, son déluge de questions, mes réponses bêtes, si maladroites. Qu'est-ce qui m'a pris aussi de ne pas effacer ce message ? Il fouille dans mon sac. Il me brandit sous le nez un papier.

« Et ça, c'est quoi ? »

La prière à saint Expédit. Qu'est-ce qui m'a pris, merde, de ne pas la foutre à la poubelle ? Et maintenant ce début de crise sur son visage qu'il essaie de contenir du mieux qu'il peut en m'affirmant qu'il n'y a que les gamines pour confier à tout-va leur vie privée de la sorte. Comme si cette Anne-So n'essayait pas d'en tirer parti.

« Combien de fois faudra-t-il que je te le dise ? Ces cathos ont beau avoir l'air gentils, regarde un peu ce qu'ils font par-dessous. Tu es tellement naïve, Alice. Je ne permettrai pas qu'ils te bousillent, tu entends ? Encore moins qu'ils te convertissent. »

Je lui assure de faire plus attention, il me caresse, il me sourit, me fait promettre de ne plus raconter quoi que ce soit de ce « nous deux sacré », de ne plus m'approcher de cette fille et de tous ces gens, là-bas, de n'être qu'à lui, à lui seul, le temps, au moins, qu'il en finisse avec l'alcool, et moi, bien sûr, de le lui jurer , qu'est-ce que je m'en fous d'Anne-So et de tous ceux qui travaillent là-bas, de ceux, aussi, en tas, dans mon bureau, de leurs malades, leurs pauvres, leurs indigents. Oui, maintenant qu'il est là, devant moi, et qu'il me parle et qu'il m'embrasse, qu'est-ce que je m'en fous d'eux tous, et de tous les SDF, les militants, les clandestins qui hurlent dans les rues, qui dorment dans le métro, je suis si abasourdie de bonheur, personne d'autre ne compte, ni Berthet, ni les filles, ni ma mère, ni les saints, pas même les drones qui réduisent à néant des maternités en Ukraine ou encore les si jeunes pendus d'Iran, rien, non, je suis si heureuse, si amoureuse, ce soir. Si comblée.

Chapitre 12

Dieu.

Geneviève, en larmes, prie debout dans sa chambre. Dehors, aux cris de « À mort la prophétesse », « À mort la séditieuse », « À mort la magicienne », la foule des hommes de Lutèce se rapproche à grands pas, certains réclamant qu'on la lapide, d'autres qu'on la précipite dans les eaux de la Seine. Tenant bon, leurs épouses font barrage, mais pour combien de temps encore ? Face contre terre, Geneviève Le supplie. Ne lui avait-Il pas promis, dans ses prières, d'épargner Lutèce contre la fureur d'Attila et révélé que toutes les villes où les hommes de Lutèce chercheraient à trouver refuge seraient détruites ?

Dieu.

Est-ce faute de ne pas L'avoir assez aimé ? De n'avoir pas assez prié, jeûné ? S'il faut qu'elle meure pour sauver tous les habitants de la ville, qu'importe !

Seront-ils, toutefois, épargnés ? En larmes, dans sa chambre, Geneviève réclame qu'Il lui réponde.

Dieu.

À l'extérieur, la haine de la foule redouble. « Que les hommes fuient, s'ils ne sont pas capables de se battre, a-t-elle prophétisé, nous, les femmes, nous prierons Dieu tant et tant qu'Il entendra nos supplications. » Se serait-elle trompée ? Aurait-elle mal interprété Son message ?

Dieu.

Geneviève contemple le sol de sa chambre trempé de l'eau de ses pleurs. Attila et ses hommes, après des jours de siège, ont pénétré dans Metz dans un état de furie indescriptible, pillant, incendiant tout sur leur passage, égorgeant jusqu'aux bébés et aux prêtres ! Pas un seul habitant n'en aurait réchappé. Telle est Sa volonté pour Lutèce ?

Dieu.

Même l'ascète Simon le Stylite, avec lequel elle s'entretient parfois en songe, lui a confirmé la véracité de sa prophétie. Oui, Lutèce serait sauvée et l'armée d'Attila écrasée dans un effroyable bain de sang. Au prix de sa mort à elle ? Et de sa calomnie ?

Dieu.

Malgré les supplications de leurs femmes, les hommes donnent d'énormes coups dans la porte, qui, sous peu, va céder. Dans sa chambre, Geneviève, face contre terre, L'implore une toute dernière fois. Ne se souvient-Il pas du jour où, enfant, elle s'est, entière, promise à Lui ? Et de ce jour où, à seize ans, elle reçut le voile des vierges ? Elle L'aime tant et souhaite si ardemment que Lutèce soit sauvée. Que doit-elle faire pour qu'Attila, ce fléau, ne répande ses ténèbres sur le monde ?

Dieu.

La porte cède quand, de la rue, la voix tonitruante d'un homme se fait entendre.

« Malheureux, quelle folie allez-vous commettre ? Avez-vous donc oublié combien le saint évêque d'Auxerre aimait la vertu de Geneviève ? En voici pour preuve les eulogies qu'il m'a prié, en mourant, de lui offrir de sa part ! »

À la vue de l'archidiacre du saint évêque et des petits pains qu'il leur montre, tous sont saisis de doute et de tremblements. Si, comme le clame cet homme, Geneviève est réellement une élue de Dieu, mieux vaut, dès à présent, abandonner leur funeste dessein sous peine de s'attirer la malédiction du ciel.

Dieu.

Dehors, tous sont partis, le calme est revenu. Debout, devant son autel, Geneviève Lui rend gloire. Bientôt, la ville sera sauvée, elle sera acclamée et Attila défait. Cependant, elle voit tant de chaos à venir. Presque la fin du monde. Parmi les ruines et les décombres, saura-t-elle garder la tête haute ? Et L'aimer toujours aussi passionnément ?

Dieu.

Dans la vaste demeure, Alice, les mains pleines de petits pains, s'avance vers Geneviève qui prie, dos à elle. Comment est-elle arrivée ici ? Et que fait-elle dans cet endroit ? Sans nullement paraître surprise, Geneviève se retourne, saisit les pains et soudain lui crie « Baisse-toi ! » pour, aussitôt, disparaître et, avec elle, la demeure, la ville. Le songe.

*

« Baisse-toi ? »

Dans son lit, Alice ouvre grand les yeux. Cela n'a aucun sens. Sainte Geneviève, en plus. Comme si elle y croyait, à ces histoires. Son visage pourtant. Ses yeux. Et tout à coup, ces mots proférés avec une telle urgence. Comme si la sainte la suppliait.

À ses côtés, il dort paisiblement. Par chance, Alice ne l'a pas réveillé.

Au bureau, Alice a toutes les peines du monde à convaincre Anne-So que tout est rentré dans l'ordre. Il avait juste besoin de souffler, elle a angoissé pour rien, il s'est même excusé de lui avoir crié dessus. Quant à son absence au boulot, c'est à cause d'une nympho qui veut absolument coucher avec lui et qui, pour se venger, lui fait vivre un enfer.

« Je suis tellement ennuyée de t'avoir dérangée avec tout ça.

– Tu ne m'as pas dérangée, Alice.

– Bon, enfin, tu comprends. »

Une ombre sur le visage d'Anne-So. Alice repart de plus belle. Ils s'aiment tant. Une telle force d'amour est difficile à concevoir. Ils en sont arrivés à un tel degré d'exigence l'un pour l'autre. Certes, elle admet que, parfois, elle ne sait plus très bien où elle en est. Tout est si extrême avec lui. Rien, dans leur relation, n'est tout à fait normal, au point de, parfois, perdre les pédales,

« Mais c'est le prix à payer, non ?

– Désolée, Alice, mais, là, je ne te suis plus.

– Non, c'est moi qui suis désolée. Je parle tellement, je vais te mettre en retard. »

Anne-So plante ses yeux dans les siens.

« De toutes les façons, on se voit à déjeuner, n'est-ce pas ? »

Cette façon d'appuyer sur son « n'est-ce pas ». Alice, gênée, secoue la tête.

« Cela ne va pas être possible, non. »

Anne-So continue de la fixer sans rien dire. Alice s'embourbe.

« J'ai tellement à faire avec la procédure…

– Comme tu veux, Alice. Nous, en tous les cas, on est là et, si tu as besoin de quelque chose, mon bureau, c'est ici. »

Alice se sent minable. Anne-So s'est montrée si généreuse avec elle. Quel dommage qu'il ne l'aime pas. Elle aurait pu lui raconter son rêve avec Geneviève. À coup sûr, elle l'aurait adoré. Anne-So lui sourit, attristée.

« Bon, ben… à bientôt alors.

– À bientôt, oui. »

Tel celui qui n'a point d'yeux,
elle erre de midi à minuit le long des murs.

Jusqu'à la fin de la journée, son téléphone n'arrête pas de sonner.

« Bonjour, nous aimerions vous parler d'un possible miracle au sujet du vénérable Jean Léon le Prévost. »

« Bonjour, pourquoi la cause du père Jean-Jacques Olier est-elle arrêtée ? »

« Bonjour, nous aimerions vous inviter à la soirée d'anniversaire que nous organisons autour du bienheureux Frédéric Ozanam. »

« Bonjour, la cause de la servante sœur Henriette Aymer de la Chevalerie a-t-elle bien été transmise à la congrégation romaine et, si oui, à quelle date s'il vous plaît ? »

« Bonjour, où en est l'enquête sur le miracle du vénérable Daniel Brottier ? »

À ce rythme, la journée passe comme un éclair, même si Alice rame toujours autant à pénétrer la logique du *Sanctorum*. Chaque phrase en est si dense. À peine croit-elle en avoir compris un chapitre que la lecture du suivant ruine sa compréhension. C'est à s'arracher les cheveux. Anne-So, avec ça, qui ne passe plus la voir, Sandrine qui lui fait carrément la gueule, Charlotte qui n'ose plus l'aborder. Que lui importe. Il se montre, à nouveau, si magnifique avec elle. Pour rien au monde, elle ne veut gâcher cette embellie. Autres bonnes nouvelles : sa sœur et sa mère qui ne l'appellent plus et ses progrès, malgré tout, au boulot, puisqu'elle sait, désormais, qui, parmi ses protégés – à l'exception du dossier d'Ida Leyrat qu'elle se refuse à ouvrir par « superstition » –, est serviteur de Dieu, vénérable ou bienheureux, qui encore, de telle cause, est le postulateur, le notaire, le promoteur de justice, le délégué épiscopal, qui en sont les historiens et les censeurs théologiens.

Pour autant, elle est loin de se sentir prête. Aussi manque-t-elle de défaillir quand, ce lundi après-midi, Berthet surgit dans son bureau.

« On vient de me faire savoir qu'un émissaire de Rome sera présent lors de la session Sontag. Il faut que nous soyons brillants. Suivez-moi, je veux savoir où vous en êtes. »

Alice, blême, obtempère. Bon sang, pourquoi n'est-elle pas allée voir monseigneur Thiéret comme le lui avait recommandé Isabelle ? Elle n'a pas osé et Berthet, à présent, debout, devant elle, lui demande de lui passer, une par une, les pièces de procédure qu'il énonce au fur et à mesure à haute voix. Totalement perdue, Alice fouille dans son tas en piochant, quasi au hasard, des documents qui ne s'avèrent jamais les bons. Les premières fois, Berthet garde son calme, mais lorsque Alice se trompe pour la sixième fois de suite, il ne se contient plus.

« Vous vous foutez de moi, là ?

– Je …

– Qu'est-ce qu'il y a écrit sur cette feuille ? Ce mot, là. Édit, oui ! Or, qu'est-ce que je viens de vous réclamer ?

– Les décrets de…

– Les décrets de quoi, Alice ?

– Je… je ne sais plus. »

Dans la petite pièce, il se met à vitupérer.

« Les décrets de nomination des officiers de l'enquête. Répétez après moi. »

Elle répète dans un souffle.

« Fort bien, veuillez, maintenant, me passer le mandat de nomination du postulateur. »

En panique, elle farfouille dans son paquet, humiliée, au bord des larmes.

« Je suis désolée, je ne le trouve pas. »

À bout, il lui arrache le dossier des mains.

« Vous savez ce qui se passe dans l'Église en ce moment ? Comme si je n'avais que ça à faire, moi, de m'occuper de ces dossiers. »

Exaspéré, il commence à extirper des feuilles tout en les remettant dans l'ordre.

« Ici, le *nihil obstat*, ici, le mandat, ici, voyons voir, le libelle, et là toute la documentation afférente à la réputation de sainteté… »

Ses mains sont si expertes que c'est à croire qu'il mélange un jeu de cartes. Alice se sent tellement inutile. Merde, comment a-t-elle pu y croire ? Elle n'aura jamais sa place, ici. Et nulle part. Elle est si déplorable.

Il faudra qu'elle le lui dise ce soir : tout ce cirque, cela ne peut plus continuer.

Chapitre 13

Il va et vient dans le salon en lui répondant qu'il comprend, qu'il compatit même, seulement, cela tombe on ne peut plus mal, elle ne peut pas quitter son job, plus tard peut-être, mais pas là, il voulait le lui annoncer, il n'a pas osé. Face aux insultes de la garce, il a pris ses affaires, il s'est levé, il est parti, oh mais attention, qu'elle se rassure, cette pute ne va pas s'en tirer comme ça, il va le dealer, ce départ, il a déjà sa petite idée de la stratégie à mener, il va devoir jouer serré toutefois, cette salope a les patrons dans la poche, il est à peu près sûr qu'elle les a sucés tous les deux, alors, oui, la partie ne s'annonce pas facile et il aurait mieux valu qu'il tienne quelques semaines de plus, seulement elle l'aurait vu, hier, dans son placard, il a eu beau chercher à s'occuper, tous les mauvais souvenirs ont ressurgi, ses parents qui s'amusaient à l'enfermer dans la cave deux jours entiers dans le noir, sa terreur d'enfant, leurs rires derrière la porte, il n'a pas tenu, il a pris ses affaires, il s'est levé, il est parti, il voulait le lui confier, hier, elle est rentrée si radieuse, il a préféré claquer ses derniers euros pour l'inviter dans ce restaurant, qu'importent son découvert et les loyers en retard, ben oui, ils ont deux mois de retard, et sur son compte il est à moins trois mille euros, tous ces travaux qu'elle a voulu entreprendre, il ne pouvait pas le lui refuser.

« Mais enfin, c'est toi qui m'as dit de… »

Comme si c'était lui qui les avait choisis, les carreaux, la douche, le lit, la table basse. Dans la tête d'Alice, tout s'emmêle.

« Attends, je ne comprends pas. Pourquoi tu ne m'en as pas parlé ?

– Je n'avais pas envie de t'inquiéter, et surtout, je ne pensais pas que t'allais prendre autant de temps pour trouver un job.

– Mais j'en ai trouvé un en moins de….

– Il va falloir que tu demandes de l'argent à ta mère, Alice. Dix mille euros au minimum.

– Dix mille euros ?! Mais elle ne voudra jamais.

– C'est juste un emprunt. Je la rembourse dès que je touche ma prime.

– Je te jure, elle…

– Dix mille euros, merde, ce n'est pas la fin du monde ! »

Comme si, en entretenant sa fille ces dernières années, il ne lui avait pas fait économiser un pactole, à sa mère. Alors non seulement ce fric, elle va le lui filer, mais elle le lui doit.

« À moins qu'elle préfère nous voir jetés à la rue. »

Il a, de nouveau, ce rire mauvais.

« Tu me diras, elle en serait bien capable.

– Arrête, ne dis pas ça.

– Alors appelle-la et sors-nous de ce merdier. »

À quand la rosée de justice ?

Inutile même d'essayer. Sa mère lui dira non. Alice a si peur de le voir à nouveau fuguer. Il ne lui reste qu'une option : mentir. L'argent ? Elle verra bien.

Le soir venu, elle lui annonce avoir tenté plusieurs fois de joindre sa mère, avoir fini par lui laisser un message. Rassuré, il lui adresse ce beau sourire et cela seul compte. Elle est comblée.

Coup de chance, ce matin, il dormait encore lorsqu'elle est partie. Elle n'a pas eu à lui mentir et a pu vomir en paix aussi.

En l'apercevant sur le pont, elle a salué le goéland, joyeuse, écartant d'un geste l'angoisse qui monte. Elle ne veut pas perdre une miette de ce retour en grâce avec lui. Jouir de ce bonheur jusqu'à la lie. Quitte à se forcer à sourire comme elle vient de le faire avec l'oiseau. Et à se répéter que tout est beau.

En arrivant rue du Cloître-Notre-Dame, elle se rend directement à l'étage en espérant ne pas croiser Berthet, qu'elle n'a pas revu depuis la veille. Fait-elle encore partie de la maison ? Elle n'en a pas la moindre idée. Dans le doute, elle veut tenter le tout pour le tout.

L'estomac noué, elle toque à la porte du père Thiéret.

« Oui ? »

Elle passe la tête et se présente en bredouillant une excuse. D'un signe de la main, le vicaire général, la soixantaine, aux yeux bleu vif, la fait entrer. Cette expression sur son visage. Quelque chose d'à la fois enfantin et de très mûr.

« Je vous écoute.

– Isabelle de la Motte de la Margerie m'a dit que vous pourriez m'expliquer certains points de la procédure…

– Ce n'est pas faux, mais là je dois prendre un train pour Bordeaux, c'est urgent ? »

C'est donc foutu. Berthet va la virer.

« Ne faites donc pas cette tête. Bien, je vais tâcher d'être le plus concis possible. Ce sera toujours cela de pris, non ? Seulement, dans dix minutes, je vous abandonne.

– Je ne sais pas comment vous remercier. »

Il la regarde avec malice.

« Ce genre de petit exercice m'amuse. Il me permettra de vérifier si ma mémoire est bonne. Allons, ne perdons pas de temps et essayez de noter le plus de choses possible, entendu ? »

Alice n'a pas fini de hocher la tête qu'il se met à lui parler en allant et venant dans son bureau.

« En premier lieu, vous êtes-vous posé la question du pourquoi d'une telle procédure ? Non, je le vois à votre figure et c'est sans doute la raison pour laquelle vous êtes si perdue. »

Sans même attendre la réaction d'Alice, il poursuit.

« Des saints, vous en avez eu dès les premiers temps de la chrétienté et, avec eux, une prolifération de cultes dont certains se sont révélés très vite rentables. Cette nouvelle manne n'échappa point à toutes sortes de gens mal intentionnés : moines, bandits, qui, là pour redorer le blason de leur monastère, là pour se faire de l'argent, n'hésitèrent pas à inventer de nouveaux saints dans leur ordre, ou encore à revendre, à prix d'or, des ossements volés en les faisant passer pour les reliques de saints déjà célèbres. Face à la multiplication de ces scandales, des hommes d'Église réclamèrent que nul ne puisse être sanctifié sans avoir fait l'objet, au préalable, d'une enquête. Vous voyez, Alice, nous y sommes presque. De fil en aiguille, la nécessité de vérifier chaque élément de la vie du, de la futur(e) saint(e), voit le jour. C'est ainsi qu'émerge, dès le XIe siècle, l'idée de procès en canonisation. À l'époque, la procédure est beaucoup plus simple, bien sûr. »

Alice approuve, inquiète. Il ne reste plus beaucoup de temps et il ne lui a toujours rien dit sur la procédure elle-même.

« Calmez-vous, Alice, j'y viens. »

Ce sourire… À croire qu'il lit dans ses pensées.

« Vous êtes prête ? Très bien, alors, concentrez-vous. Tout d'abord, une personne considérée par beaucoup comme étant sainte meurt. Une association se crée autour d'elle et, cinq ans après sa mort – cela ne peut être moins –, décide de porter sa cause au promotorat des causes des saints du diocèse où elle est née. Notez, je vous prie. Cette association, c'est l'acteur de la cause. Notez encore. C'est lui, cet acteur, qui nomme le postulateur ou la postulatrice en charge de le représenter dans toutes les démarches qui auront trait à cette cause. C'est, entre autres, ce postulateur ou cette postulatrice qui va fournir au promotorat un résumé de la vie de cette personne, soit le libelle accompagné d'un commentaire expliquant en quoi cette cause peut parler au peuple des chrétiens d'aujourd'hui. Vous me suivez toujours ?

– Absolument.

– Parfait, je continue. Pendant ce temps, l'acteur doit apporter à l'Église des arguments en faveur de la réputation de sainteté et de grâce de la personne qu'il souhaite voir devenir sainte. Ces arguments ne doivent, en aucun cas, provenir d'amis ou de proches, mais de la *vox populi.* N'oubliez jamais, Alice, que, depuis les tout premiers temps de l'Église, les saints ont toujours été désignés par le peuple, souvent, d'ailleurs, contre l'avis de l'Église.

– Vraiment ?

– Oui, mais là je ne vais pas avoir le temps de développer. Jetez juste un œil à la vie de saint François d'Assise ou encore de saint Vincent de Paul et vous comprendrez. Une fois la réputation de sainteté et de grâce établie, l'acteur doit lister les œuvres publiées par cette personne ainsi que les témoins susceptibles d'être interrogés. Vous me suivez toujours ?

– Oui, oui.

– Une fois toutes ces pièces rassemblées, l'archevêque les transmet à la conférence épiscopale des évêques, qui a lieu quatre fois par an. Concomitamment, il fait la demande d'un *nihil obstat* à Rome. Dans les deux cas, il s'agit de s'assurer que personne ne s'oppose à cette cause, un peu comme la publication des bans avant un mariage civil. Si, par exemple, tel évêque ou tel prélat à Rome est au courant d'un scandale lié à cette personne, la cause n'est pas ouverte.

– J'ai compris.

– OK, alors accrochez-vous parce que c'est loin d'être fini et je n'ai plus que cinq minutes. Une fois ces deux feux verts obtenus, l'archevêque publie, d'un côté, le décret d'ouverture de la cause, de l'autre, un édit dans le *Journal officiel,* soit, pour vous, à Paris, le journal *Paris Notre-Dame*, demandant au peuple d'apporter des témoignages en faveur de cette cause. Est-ce assez clair ?

– Ça l'est.

– Pendant ce temps, le postulateur ou la postulatrice se met en quête de trouver trois historiens prêts à enquêter de façon bénévole sur la vie de ce futur possible saint. Une tâche bien difficile, sachant qu'aucun de ces historiens n'a le droit de publier le fruit de ses recherches.

– Pourquoi trois historiens, pourquoi pas juste un seul ?

– Parce qu'ainsi le veut la procédure : trois historiens, trois axes de recherche différents. Le premier sur tout ce qui a trait à la vie familiale de notre serviteur, le deuxième, sur tout ce qui a trait à sa vie sociale, le troisième, sur tout ce qui touche à sa vie spirituelle. En parallèle, l'archevêque ou son représentant, le délégué épiscopal, aura nommé dans le plus grand secret deux censeurs théologiens. Ces deux-là devront vérifier si notre serviteur a bel et bien respecté, dans ses dires et dans ses ouvrages, le dogme catholique romain.

– Et s'il ne l'a pas fait ?

– Il ne peut être sanctifié par l'Église.

– Peut-il l'être par d'autres instances ?

– Il y a bien le Panthéon, mais, pour y avoir droit, c'est une autre affaire. Il ne me reste que quatre minutes, continuons, vous voulez bien ? Sachez qu'il peut s'écouler trois, parfois cinq, parfois dix, voire vingt ans avant que les historiens et les censeurs remettent leurs rapports.

– Tant d'années ? Mais… pourquoi ?

– Les causes sont multiples : difficulté à dénicher une information, décès, difficulté à trouver une nouvelle personne, changement de cap politique…

– OK, j'ai compris.

– Ce n'est qu'une fois les rapports des historiens achevés, que l'archevêque peut nommer, par décret, les trois officiers de la commission diocésaine d'enquête, soit le notaire en charge de rassembler les documents, le promoteur de justice en charge de contrôler leur validité, et enfin le délégué épiscopal en charge, lui, de surveiller si toutes les pièces sont bien là. Vous me suivez toujours ?

– Cela se corse, mais oui.

– Vient alors la fameuse session d'ouverture, au cours de laquelle l'archevêque ou le délégué épiscopal nomme la commission d'enquête. Aussitôt nommée, celle-ci recueille les rapports des trois historiens qui prêtent serment comme quoi ils ne divulgueront rien de ce qu'ils ont écrit. C'est lors de cette session d'ouverture que vous transmettez au notaire toutes les pièces que vous aurez recueillies, soit le *nihil obstat*, l'édit, les nominations, bref, toutes celles que je vous ai mentionnées plus haut.

– Et c'est fini ?

– Ce serait trop beau ! S'ensuivent les auditions des témoins, cinquante grand maximum, durant lesquelles nos trois officiers d'enquête doivent, à chaque fois, être présents. Là encore, un vrai casse-tête pour les réunir. Après quoi, seulement, on peut clôturer l'enquête. Mais, au préalable, l'archevêque doit s'assurer qu'aucun culte indu n'ait été rendu à cette personne dans son lieu de naissance ou de mort.

– De culte indu, c'est-à-dire ?

– Vous demanderez à quelqu'un d'autre, je n'ai plus de temps. Enfin, quand tout est validé, le notaire doit faire deux photocopies de tous les documents et de tous les rapports. Un travail monstre, sachant que ces rapports peuvent aller jusqu'à plusieurs milliers de pages. S'ensuit la fameuse session de clôture au cours de laquelle on scelle la copie originale ainsi que les deux autres photocopies. On garde la copie originale et la première copie. On envoie la dernière, dite la copie publique, à Rome.

– Et ?

– Tout recommence. »

Alice pousse un cri de surprise.

« Quoi ?!

– Je vous assure. Après un an d'attente qui se traduit le plus souvent par dix, Rome reprend point par point toute l'enquête.

– Mais enfin… C'est totalement contre-productif. Pourquoi élaborer un système aussi complexe. »

Thiéret la regarde avec douceur.

« Imaginez qu'un croyant découvre que le saint qu'il prie n'en est pas un. C'est toute sa vie qu'il a déposée à ses pieds, tous ses malheurs.

– Dit comme ça, bien sûr… Mais quelle pesanteur tout de même.

– Eh oui, que voulez-vous. La pesanteur de cette procédure résume à elle seule l'antinomie de la croix. »

Elle le regarde complètement perdue. Qu'est-ce que peut bien faire la croix là-dedans ? Face à son air, il éclate de rire et se met à fendre l'air de haut en bas du tranchant de la main.

« Ici, Alice, la verticale : le Christ en gloire, la transcendance, les saints. Que du limpide, du clair, du transparent. »

D'un deuxième mouvement, il fend l'air de gauche à droite.

« Et ici, l'horizontale : le monde incarné avec ses masses d'ombres, ses inachèvements, ses manques. Jusque-là, nous sommes d'accord ? »

Elle le jauge, de plus en plus surprise.

« Euh… oui, mais… »

Il lève la main pour continuer.

« La pesanteur de cette procédure vous accable ? Elle révèle combien nous sommes encore horizontaux, soit malvoyants, empesés, imparfaits, combien il nous reste encore de chemin pour accéder à la verticale.

La porte est là, pourtant, juste devant nous.

– La porte ?

– Au centre de la croix, oui, le point d'intersection entre l'horizontale et la verticale. Nul accès à Dieu sans comprendre que nous sommes à la fois grâce et vide. La troisième voie en quelque sorte. Vous voyez ?

– Je ne suis pas sûre que … »

Il pousse un cri en regardant son téléphone.

« Oups, désolé, je file ou je vais rater mon train ! »

Elle n'a pas le temps de le remercier, il sort en trombe de la pièce. Alice reste, un moment, hébétée. Une telle puissance de synthèse. À se demander si elle a rêvé, mais non, son carnet est bel et bien recouvert de notes. La chance qu'elle a eue de tomber sur lui.

Pleine d'un soudain courage, elle descend quatre à quatre les marches de l'escalier, traverse, en trombe, le bureau d'Isabelle et, sans attendre son feu vert, ouvre la porte du bureau de Berthet, plus déterminée que jamais.

« Je ne sais pas si je suis renvoyée, mais je voudrais vous demander de me laisser une chance. J'ai potassé toute la nuit et...

– Vous sortez et vous toquez, Alice. Après quoi, nous discutons si je le veux.

– Mais je…

– Il n'y a pas de mais. »

Cette exaspération qui monte en elle. Elle sort en claquant la porte, puis, sans répondre aux mimiques affolées d'Isabelle, toque à grands coups.

« Entrez ! »

Elle est fin prête à en découdre avec lui, son sourire l'arrête net. Qu'est-ce que cela signifie ? Il lève ses yeux vers elle, la scrute d'un regard incisif.

« Je ne savais pas trop à qui j'avais affaire jusqu'ici, mais, à l'instant même, vous m'avez donné à découvrir une Alice qui me plaît. Pour donc répondre à votre question : non, vous n'êtes pas renvoyée. Je pose toutefois deux conditions à ce non-renvoi. La première, c'est que vous soyez toujours, ici, cette Alice-là. Une Alice énergique, qui n'a pas froid aux yeux et qui, lorsque cela s'impose, sait parler fort et claquer les portes. Bref, une Alice capable de prendre en main cette procédure sans céder à la panique à la première erreur. »

Elle le regarde éberluée. Parle-t-il sérieusement ? Il poursuit.

« Ma seconde condition, c'est que vous déjeuniez au moins trois fois par semaine avec les filles. »

Elle s'apprête à répliquer, il l'interrompt d'un geste.

« Je sais, ce n'est pas syndical, seulement, ici, nous fonctionnons comme une petite famille et votre côté "bête sauvage, je ne parle à personne" déprime totalement les troupes. Inutile de vous dire que je ne vous laisse pas le choix. C'est ça ou la porte. Je vous donne jusqu'à midi pour me donner votre réponse. Je vous dis donc à tout à l'heure, Alice. »

Trop surprise pour lui répondre, Alice sort de son bureau quand son téléphone vibre dans sa poche. « Alors, ta mère, qu'est-ce qu'elle a dit ? » En voyant le visage d'Alice se décomposer, Isabelle s'inquiète.

« Tout va bien ? »

Alice, hoche la tête, affligée. Trois déjeuners par semaine, qu'est-ce qu'il va dire ? Sa mère, en plus, qu'elle n'a toujours pas osé appeler. Foutue nausée qui revient. Elle remercie des yeux Isabelle, part en direction de son bureau. Nouvelle vibration de son portable. « Je t'ai posé une question. » « Elle ne m'a pas encore répondu, je t'appelle dès que je sais. » Elle vient de gagner quelques heures. D'ici là, elle doit absolument trouver l'énergie d'appeler sa mère. Elle a accumulé une telle fatigue ces derniers jours. Entre sa fugue, sa démission, et maintenant ce découvert juste au moment où sa sœur réapparaît et, avec elle, toutes les images de ce là-bas perdu. Détourner les yeux. Oublier tout : la course des crabes au clair de lune. Le cri des hommes, entièrement nus, à l'aube. Les grands seaux en plastique bleu remplis à ras bord de poissons frétillants. La fièvre à l'ombre des mangroves. Les épines grosses comme des clous. Faire table rase. Fixer le mur. Se diriger, tel un automate, vers la table pour remettre au propre tout ce qu'elle a griffonné dans son carnet. Seulement, là non plus, rien ne va. Thiéret a parlé si vite. Plus de la moitié de ses notes se révèlent illisibles !

Elle voudrait retrouver le grand chien noir. Le suivre, sans but, à travers toute la ville. S'allonger sur l'asphalte, stopper net le flux des voitures, endiguer, telle Geneviève face à Attila, la folie de la guerre. Atteindre ce point si net de calme et de démesure. Cet interstice où terre et mer se partagent la joie du monde et où, partout, à chaque seconde, le miracle des avoines a lieu.

Clarté du corps. Ouverture du corps. Liesse du corps.

Mais sous l'effet d'un nouveau haut-le-cœur, plus violent celui-là, Alice porte la main à la bouche, sort en trombe de son bureau, ouvre la porte des toilettes, s'agenouille et, dans un râle, vomit.

« AUJOURD'HUI J'AI ÉTÉ INTRODUITE par un ange dans les gouffres de l'enfer, c'est un lieu de grand supplice et son étendue est terriblement grande. Voici les sept souffrances que j'y ai vues :

« La première souffrance, c'est la perte de Dieu.

« La deuxième souffrance, ce sont les perpétuels remords de conscience.

« La troisième souffrance est que le sort des damnés ne changera jamais.

« La quatrième souffrance, c'est le feu qui va pénétrer l'âme sans la détruire, c'est une terrible souffrance, car c'est un feu purement spirituel allumé par la colère de Dieu.

« La cinquième souffrance, ce sont les ténèbres continuelles, une odeur terrible, étouffante, et malgré les ténèbres, les démons et les âmes des damnés se voient mutuellement et voient tout le mal des autres et le leur.

« La sixième souffrance, c'est la continuelle compagnie de Satan.

« La septième souffrance, c'est un désespoir terrible, la haine de Dieu. »

Chapitre 14

Lui acheter du saumon ? Cela ne suffira pas. Un cadeau peut-être ? Non, il voudra la réponse de sa mère. Sa mère qui lui a passé sa sœur sans même chercher à l'entendre. Sa sœur qui l'a suppliée de l'écouter. Mais pourquoi Alice le ferait-elle ? Cinq années à porter sa mère à bout de bras. Cinq ! À cause de ses gribouillis indéchiffrables, Berthet, à présent, qui risque très sérieusement de la virer. Plus de boulot, plus de salaires, l'accumulation des factures et des loyers impayés. La rue ? Tant de tracas. Son cerveau est en bouillie. Les carreaux, n'est-ce pas lui qui les avait choisis ? Cette impression qu'elle a de ne jamais être à la hauteur, de toujours se tromper. Sonnerie du téléphone dans son bureau. La pluie à verse dehors. Plus de courage, plus d'énergie. Sa mère qui n'a même pas cherché à. À sa place, la petite voix insupportablement mielleuse de sa sœur.

« J'ai compris des choses, Alice, il faut qu'on se parle, toi et moi. »

Sa sœur. Sa joie partout où elle passe : à l'école, dans la maison, les rues, tandis que leur mère avec ses clopes, ses cernes, assise devant la petite fenêtre qui donnait sur le mur du pavillon d'en face. Sa mère avec ses larmes, ses cris parfois, ses étreintes trop rares, trop brusques. Sa mère qui, jamais, n'acceptera de lui prêter cet argent. Il aurait fallu ne jamais partir de M. Cette douleur dans les reins, ces nausées. Elle vient d'avoir ses règles, pourtant. Alors quoi ? Consulter un médecin ? À quoi bon ? Toujours la même petite rengaine.

« Qu'est-ce qui vous stresse à ce point, madame ? »

Sonnerie du téléphone qui reprend. Très certainement, un ou une postulatrice qui tient à lui vanter, de vive voix, les innombrables mérites de son serviteur. « L'incroyable énergie déployée par Ange le Proust pour améliorer la situation des pauvres à l'hôtel-Dieu de Lamballes, les milliers d'enfants intouchables secourus, en Inde, par les actions de mère Marie-Gertrude, les cinquante mille litres de soupe servis, chaque année, aux ouvriers grâce à Paulin Enfert, l'invention et la création des centres d'accueil de jour par la Fondation de l'abbé Pierre, sœur Rosalie Rendu volant au secours des blessés de tous bords sur les barricades, les conférences de charité de Frédéric Ozanam qui ont transformé la vie de milliers d'étudiants. » Tous ces gens qui y ont cru jusqu'au bout… Et elle, Alice, pas même foutue de lui annoncer que non, cela ne va pas être possible de compter sur sa mère. Il va être si contrarié. Dix mille euros, merde, où les trouver ? Sans parler de son renvoi à elle, sous peu. À tous les coups, il va entrer dans une colère monstre. La quitter même. Et tout cela, à cause d'elle. Incapable de le soutenir. Incapable de le rassurer. Incapable, même, de prendre des notes.

« Alice ? »

Cette voix au loin. Celle d'Anne-So qui lui demande ce qu'elle fait assise par terre, dans son bureau, et à laquelle elle ne trouve pas la force de répondre. Elle se sent si lasse. Anne-So s'approche.

« C'est toi que j'ai entendue vomir tout à l'heure ? »

Si elle lui parle, cela ne fera qu'envenimer les choses. Ne lui a-t-elle pas promis de ne plus s'approcher d'elle ?

« Alice, qu'est-ce qui ne va pas ? »

Cette douceur en même temps.

« C'est à cause de ton mari ? »

Alice détourne la tête. À quoi bon ? Anne-So lui dira de le quitter, comme tous les autres.

« C'est à cause de Berthet alors, de cette session qui arrive ? »

Seule. Elle a besoin d'être seule pour réfléchir à une solution.

« Cela te dérange si je m'assieds à côté de toi ? »

Comment dire non ? La chaleur de son épaule contre la sienne. Ida tout là-bas qui, soudain, ressurgit. Ida, sa peau si lourde, si douce, qui la laissait s'endormir contre elle. Alice, chaque nuit, s'enfonçant dans ses bras comme dans la vase de la rivière et d'où, à tout moment, pouvait surgir le poisson d'or…

« Alice, tu pleures ? »

Quelque chose se délie. Ou plutôt se dissout. Son angoisse peut-être. Quelque chose qui l'attriste et la réchauffe en même temps.

« Anne-So, il faut que je te dise. Dieu, je n'y crois pas. »

La phrase flotte, un instant, dans la pièce.

« Tu veux dire, tu n'y crois plus ? »

Ce besoin d'être franche avec elle. De ne plus tricher.

« Non, je n'y ai jamais cru.

– Même enfant ?

– Même enfant, enfin, pas à ce dieu-là. »

Cet étonnement dans la voix d'Anne-So.

« Mais... à quel dieu alors ?

– Tu sais, je n'ai découvert la France qu'à l'âge de dix ans. Jusque-là, j'ai vécu sur un bout de plage de la côte pacifique au Guatemala, et Dieu là-bas, comment t'expliquer… Dieu, c'était partout, je n'avais pas besoin de le nommer ou d'y penser.

– Je comprends. »

Cette approbation tout au fond de ses yeux. Si claire. Si ouverte. Anne-So la fixe, songeuse.

« Cela a dû te faire tout drôle d'arriver ici.

– Je n'avais jamais mis de chaussures. Ça a été horrible. »

Anne-So pouffe.

« Sérieux ? »

Ce rire qui sort d'elle.

« Je te jure. »

Le visage d'Anne-So redevient plus grave.

« Tu n'y es jamais retournée ?

– Jamais, non. »

Anne-So lui prend la main, émue.

« Tu as un beau cœur, Alice. C'est la seule chose qui compte. »

Alice voudrait la remercier. À la place, les larmes jaillissent. Celles, tout à la fois, de la petite fille si perdue à son arrivée en France, de la perte d'Ida, de cette peur qu'il hurle, de cette peur qu'il la quitte, de l'émotion où la jette cette amitié naissante. Anne-So essuie ses larmes du revers de la main.

« J'ai peut-être quelqu'un qui pourrait t'aider sur ta session. Un prêtre que je connais depuis longtemps…

– Un prêtre, t'es sûre ? »

Anne-So éclate de rire.

« La tête que tu fais ! Fais-moi confiance, il ne va pas te sauter dessus, ça te va comme ça ? »

Alice ne peut s'empêcher de rire à son tour.

« Ah enfin, un peu de joie sur ce visage ! Je peux filer ! On se voit à déjeuner de toute façon ? Berthet nous a dit que tu te joignais à nous, aujourd'hui.

– Il a dit ça ?

– Il s'est trompé ?

– Non, non. »

Dans la grande salle de réunion, elles sont tout affairées, comme au premier jour. Mme Grout et Marie-Lise mettent le couvert, Charlotte et Anne-So terminent de découper deux poulets rôtis, Sandrine, assistée d'Isabelle et de Mlle Lavandin, assaisonne les salades. À la surprise d'Alice, toutes l'accueillent avec enthousiasme. L'aimerait-on pour de vrai, ici ?

À table, Alice se laisse bercer par le brouhaha de leur conversation. Économies que les unes s'apprêtent à faire pour les cadeaux de Noël, désolation face à la pauvreté des décorations lumineuses dans les rues de Paris, recette express d'un fabuleux houmous, doute grandissant d'une partie de la communauté scientifique quant à ces enfants de migrants qui, par centaines, en Suède, se seraient nouvellement endormis.

« Des tricheurs, voilà ce qu'ils disent.

– Des tricheurs, à cet âge ?

– Oui, bon, qu'est-ce qu'on en sait ? »

Joie, enfin, d'assister, après les fêtes, à la cérémonie de Charlotte. Alice se tourne vers elle.

« Tu vas te marier ? »

Charlotte lui adresse un beau sourire.

« En quelque sorte, oui. Je vais épouser le Christ. »

A-t-elle bien entendu ? Anne-So vole à son secours.

« Charlotte va devenir une vierge consacrée. Une femme détachée de tout ordre, qui voue sa vie à Dieu en vivant, seule, dans la ville. »

Alice écarquille les yeux. Anne-So poursuit son explication.

« En gros, elle fait vœu de rester célibataire tout en travaillant et, pour ce qui est de Charlotte, en laissant H 24 la porte de sa piaule ouverte à tous les clodos et toutes les âmes éplorées de la ville. Enfin, fort heureusement, pas aux heures de boulot ! »

Rires des filles. Anne-So lance un regard amusé à Alice.

« Je te rassure, toutes les vierges consacrées ne sont pas aussi cinglées. Charlotte est la seule à laisser ainsi sa porte ouverte. »

Alice lance un regard stupéfait à Charlotte.

« C'est une blague ?

– Non, c'est la vérité.

– Mais enfin… tu n'as pas peur qu'on t'agresse ? »

Charlotte se met à sourire franchement.

« Non. »

Nouveaux rires des filles devant la tête effarée d'Alice. Charlotte continue.

« Cela me ferait très plaisir que tu viennes à ma cérémonie. C'est le 4 janvier prochain, à 15 heures, en l'église de Saint-Germain-l'Auxerrois. Tu es la bienvenue avec ton mari.

– Je… je te remercie, je vais regarder. »

Isabelle se tourne vers Charlotte.

« Tu seras la quantième vierge consacrée en France ?

– La trente-sixième. »

Isabelle regarde Alice.

« Toute la maison sera présente. Si donc vous pouvez venir, ce serait formidable. »

Alice acquiesce, de plus en plus mal à l'aise.

« Je… je vais faire mon possible. »

En bout de table, Anne-So lui fait signe de ne pas s'inquiéter, mais comment ne pas paniquer face à la perspective de tout ce qu'elle va devoir lui annoncer ce soir, à commencer par le refus de sa mère, puis ces trois déjeuners par semaine et maintenant cette messe. S'il n'y avait ce nœud au fond de sa gorge, cet état nauséeux, cette boule dans son ventre, elle pourrait presque trouver la situation drôle. Vierge consacrée ! Elle n'avait même pas idée que de telles personnes existent. Et toutes, autour d'elle, de reprendre leurs conversations comme si de rien n'était, de rire des bêtises de leurs enfants, des maladresses de leurs maris, sans plus se préoccuper de Charlotte qui, dans moins de deux semaines, va « épouser le Christ ». Alice a beau la fixer des yeux, elle ne voit rien qui cloche. Juste une fille sympathique, plutôt lumineuse, qui lui tend la salade en l'avertissant que la sauce se trouve « dans le petit bol orange, là ».

Le petit bol orange… Où est-ce, ici ? Et elle, Alice ? Tandis que, dans sa poche, son téléphone se remet à vibrer : « Putain, tu te fous de moi, là, tu lui as parlé ou non ? » Ça y est, l'angoisse remonte. « Désolée, elle ne m'a toujours pas rappelée. » Sa réponse ne se fait pas attendre. « OK, si dans une heure tu ne le fais pas, c'est moi qui l'appelle. Et merci pour tes cœurs ! » Merde, elle a oublié de les lui envoyer. Leur signe pourtant. Où a-t-elle donc la tête ? Sa mère, avec ça. Les dix mille euros. Charlotte. Le Christ.

Dans ce pays obscur, elle gratte la terre
Assoiffée de lumière

Enfin, elle ose composer son numéro, mais à peine lui a-t-elle fait sa demande que sa mère se met à crier.

« Cela fait des mois que je ne t'ai pas vue et c'est tout ce que tu trouves à me dire ? Moi qui me faisais, une telle joie à l'idée de ce déménagement à Paris. Enfin, tu allais, de nouveau, pouvoir me rendre visite. M. était si loin. Seulement rien. Rien, tu entends, Alice ? »

Tous les messages qu'elle lui a laissés depuis, et qui sont restés lettre morte. Idem pour Valentine, dont Alice n'a même pas daigné fêter le retour, à croire qu'elles sont toutes les deux des monstres.

« Alors, non, pas question de te prêter cet argent.

– Maman, s'il te plaît.

– Non, Alice. Je n'en peux plus de ta relation avec ce mec de merde ! Tu ne vois pas qu'il est en train de te foutre en l'air ? C'est insupportable, il te coupe de tout le monde, ça va finir mal, tu… »

C'est bon, Alice en assez entendu. Elle raccroche en tremblant, ferme la porte de son bureau, décroche le téléphone, éteint son ordinateur, se laisse glisser contre le mur, quand ses yeux tombent sur le dossier d'Ida Leyrat, le seul qu'elle n'a pas encore ouvert. Comme s'il pouvait y avoir un rapport entre cette servante de Dieu et celle, tant aimée, de son enfance, comme si, en découvrant sa vie, Alice allait inévitablement retrouver l'Ida dont on l'a si violemment arrachée.

6 août 2004. Ida et elle, cramponnées l'une à l'autre dans la petite case. Ses parents : Ça suffit, on va rater l'avion. Ses hurlements d'enfant, ses petites mains qui refusent de la lâcher. Ses parents : Allons, Alice, tu la reverras, on te le promet. Des villageois, à leur rescousse, leurs bras aidés de ceux des hommes du village, l'agrippant et la tirant de toute leur force, trace de ses ongles sur la peau d'Ida, cris, puis plus rien, son corps d'enfant hébétée sous la brûlure du soleil, son corps, son visage sans Ida, course, malgré elle, jusqu'au bateau, jusqu'à la

route, voiture, asphalte, villages, tongs que ses parents lui achètent et l'obligent à mettre, ville, fumées, parking, couloir, aéroport, sièges, ceinture. Ses cris, là encore. Ses hurlements. Puis l'envol. Et rien. Plus rien.

Seul l'engouffrement démesuré du manque.

*

Quand, le soir venu, Alice lui apprend le refus de sa mère, il hurle en lui interdisant à jamais de revoir « cette salope », et même de lui parler. En espérant l'apaiser, elle le lui promet. Il se met alors à pleurer, gueulant qu'il n'en restera pas là, puis, comme soudain traversé par une idée :

« Et si tu demandais à tes copines ? »

Alice le regarde sans comprendre. Il part d'un rire brutal.

« Les cathos, ils adorent ça, prêter, non ?

– T'es pas sérieux, là ? »

Il n'en fallait pas plus. Il lui saisit le cou, la plaque contre le mur. Cette peur en elle.

« Pas sérieux ?! Tu parles à qui, putain ? À qui ?! »

Elle étouffe, il la relâche. Elle happe l'air en le fixant, terrifiée.

« C'est bon, je me casse ! »

Elle tente de l'arrêter, il la repousse. Elle le poursuit dans la cage d'escalier jusqu'à ce qu'un voisin, excédé, ouvre sa porte

« Ce n'est pas un peu fini, ce vacarme ! »

Nausée qui la reprend. Elle bredouille une excuse, fait volte-face et court jusqu'à l'appartement, où, le corps plié en deux, elle tire la chasse en vomissant. Et si elle était malade pour de vrai ? Si ce n'était pas juste à cause du stress ? Elle part se laver la bouche dans la salle de bains, va et vient, en larmes, dans le salon, allume, éteint la télé, lui écrit dix SMS, piétinant la peur en elle, la peur qui ne cesse de grandir… jusqu'à cette illumination. Avec ce CDI, elle peut faire un emprunt. Comment n'y a-t-elle pas pensé plus tôt ? Elle va pour lui écrire quand elle entend la porte s'ouvrir. Cette joie en elle.

Sans Lui, qui serait-elle ?

Elle court vers lui, le couvre de baisers.

« Tout est résolu. J'appelle la banque demain, je demande un prêt de dix mille euros. »

Chapitre 15

Dieu.

Tôt ce matin, j'ai entendu des loups hurler. En tombant, tout à l'heure, sur les traces toutes fraîches de leurs pas à seulement quelques mètres de ma grotte, j'en ai lâché tous mes fagots jusqu'à ce rire en moi. Je me suis revue dans mon petit bureau, trente ans en arrière, calculant tout, prévoyant tout. J'ai ramassé mon petit bois et j'ai repris mon chemin quand il a surgi devant moi. Un loup magnifique qui, à ma vue, s'est figé et m'a regardée fixement. La peur est remontée. Brusque. Celle de l'ancienne Ida, qui, à l'époque, venait de décrocher ce boulot dans ce cabinet d'avocats et qui louait ce F2 sympa où, quand il était « dispo », son mec, sympa lui aussi – quoique marié –, venait de temps à autre la rejoindre pour baiser. Comment imaginer alors ce qui allait arriver ?

Dieu.

En ce temps-là, je n'y croyais pas et comme j'aurais ri d'entendre un voyant me prédire que j'allais, sous peu, être appelée à devenir ermite. Combien d'années m'a-t-il fallu pour accepter cette nouvelle Ida ? Entièrement offerte, comme là, devant ce loup qui continue de me fixer et dans l'œil duquel je Le devine.

Dieu.

Son regard, depuis la nuit des temps, posé sur moi. Glaive à double tranchant dépourvu de toute psychologie, de toute affection. Attente redoutable qui me dénude et qui me crie : « Où es-tu ? » Moi, Son image.

Dieu.

Ici même, en moi-même, dans l'œil du loup qui me fixe. Et pareil pour toi qui lis ces lignes et qui ne sais qui Il est. Dieu, oui. Tout au fond de l'œil de la bête où tu aimes plonger. Son très pur reflet où tu es appelée à naître, toi que je ne connais pas.

Dieu.

Son flamboiement, Par-delà tes déchirements et la très proche fin du monde que toi seule vois, et sais.

*

Alice relit et relit les dernières lignes de la page de ce carnet d'Ida Leyrat. À croire que… Mais non, c'est impossible. Si proches, pourtant, de… Elle referme brutalement le dossier. Elle ne veut pas savoir. Tout n'est-il pas assez compliqué comme ça ? Les intérêts que lui a réclamés son banquier pour son emprunt sur deux ans. Sa mère, par-dessus le marché, qui l'a rappelée.

« Je suis si inquiète pour toi, ta sœur aussi, tu sais ? »

Ce désir, en Alice, de soudain la faire taire, elle, sa mère, son putain de chagrin qui n'en finit pas de se répandre.

« Maman, je voudrais que tu sois morte. »

Alors, Dieu, là-dedans. Dieu et l'œil des bêtes où Alice plonge, il est vrai. Dieu et cette soi-disant fin du monde. Coups à la porte de son bureau. La tête d'un grand prêtre noir, visage émacié, la quarantaine.

« Excusez-moi, je cherche Alice Fogère. »

L'étonnement d'Alice.

« C'est moi, oui… »

L'homme, très mince, lui tendant la main.

« Bonjour, je suis le père Fidel Kayitera. Anne-Sophie Trabes m'a dit que vous aviez besoin d'aide.

– Je… excusez ma surprise. Anne-So étant absente, je ne vous attendais plus.

– Elle est malheureusement toujours à l'hôpital avec son fils.

– Son fils ? Il a eu un accident ? »

Le prêtre la regarde, décontenancé.

« Je pensais que vous étiez au courant.

– Au courant de quoi ?

– Eh bien… pour ses deux fils atteints de la maladie de Charcot. Elle m'a dit que vous étiez amies, et je pensais... »

Le sourire radieux d'Anne-So lui revient en pleine figure. Le prêtre poursuit.

« En même temps, ce n'est un mystère pour personne. Anne-Sophie en parle très librement, et avec son mari, ils… »

Une seule question suffisait. « Et, toi, tes enfants ? » Anne-So, pendant tout ce temps, la soutenant, la consolant. Comment réparer une telle… Vibration de son portable. « Cinq minutes de retard. Qu'est-ce que tu fais ? T'es avec qui ? » Seulement, non, Alice n'a pas envie, là. Alice, focalisée sur son bonheur au point de… Anne-So, ses deux garçons promis à une mort certaine. Nouvelle vibration de son portable. Elle voudrait, soudain, lui hurler d'arrêter, lui dire combien elle est bouleversée par la nouvelle qu'elle vient d'apprendre, courir à l'hôpital au chevet du fils d'Anne-So…

« Vous préférez que je repasse ?

– Pardon, non, surtout pas. »

Nouvelle vibration de son tél. « Tu me pourris la vie, tu sers à rien. » Elle hésite un court instant. La voix du prêtre à moins d'un mètre d'elle.

« Moi aussi, ils me harcèlent. Pas plus tard qu'hier, une fille qui tenait absolument à me vendre des fenêtres. »

Pitoyable, Alice s'efforce de lui sourire.

« Voilà, c'est réglé, je l'ai éteint. »

A-t-elle bien fait ? Le prêtre l'interroge des yeux.

« En quoi puis-je vous aider ?

– Je n'arrive toujours pas à identifier les documents nécessaires à une session d'ouverture. De plus, quand je lis le *Sanctorum*, beaucoup de notions m'échappent et…

– Une chose à la fois, voulez-vous bien ? Passez-moi la cause de l'abbé Guérin.

– Mais… je n'ai pas le droit.

– Celle-ci, vous le pouvez. J'en suis, depuis peu, le notaire. Je sais, je vais m'en mordre les doigts. En même temps, un sacré type, non ? Aumônier pendant la Grande Guerre, fondateur du mouvement de la

Jeunesse ouvrière chrétienne… mais bon, commençons ou nous n'y arriverons jamais. »

Pendant plus de deux heures, il lui apprend à reconnaître les onze documents et actes listés dans le procès-verbal de la session, ici, grâce au tampon de l'archevêché, là, grâce aux signatures des officiers d'enquête, là encore, grâce à un sigle du Vatican ou à un titre caché.

« Ils sont peu ou prou tous identiques, vous n'aurez donc pas de mal à les repérer dans les autres dossiers. »

Après quoi, à l'instar de Thiéret, il examine en détail chaque étape de la procédure. Ordi sur les genoux, Alice note tout, n'hésitant pas à lui demander des clarifications sur les serments (« Qui jure et à quel moment ? »), sur le secret qui entoure le nom des deux censeurs théologiens (« Jusqu'à quand et gardé par qui ? »), sur les raisons qui provoquent l'arrêt immédiat d'une cause, sur ce qu'on appelle un culte indu.

« Il s'agit, tout bonnement, d'un culte qui sort de la règle établie.

– Quelle règle ?

– OK, je récapitule : un ou une vénérable ne peut être prié que dans la sphère privée, un ou une bienheureuse ne peut l'être que dans sa ville de naissance, un ou une sainte, enfin, partout. Si, donc, les signes d'un culte étaient retrouvés sur la tombe d'un vénérable ou d'un bienheureux, alors leur cause serait immédiatement arrêtée.

– Mais ce n'est pas de leur faute.

– La perfection de l'arbre est jugée à ses fruits. »

En rallumant son portable à la fin de la journée, Alice s'étonne de ne trouver aucun message ni SMS de lui. Aurait-il trouvé un boulot ? Elle voudrait tant y croire. Mieux encore, il se serait enfin rendu chez un médecin pour parler de son problème d'alcool. Mais pourquoi, alors, ne lui répond-il pas ? En passant devant la boulangerie, elle s'arrête lui acheter une part de ce gâteau qu'il aime. Elle espère si fort qu'il ne lui en veut pas. Presque sept heures sans lui donner de nouvelles, bien sûr qu'il lui en veut ! Sera-t-il, au moins, là ?

Dans la cage d'escalier, elle gravit les marches, le cœur serré. Ces rires derrière la porte. Tout va bien, il est avec ses potes, il ne s'est pas barré. Elle tourne la clef dans la serrure, entre en s'efforçant de paraître le plus détendue possible. À la vue des quatre mecs avachis par terre, mais surtout de la fille lovée contre lui sur le canapé, elle se pétrifie. Il lève les yeux vers elle.

« Ma catho préférée est de retour. Alors, ma chérie, comment ça va chez les pervers ? »

Rires des autres et surtout de la fille. La fille toujours lovée contre lui, comme si…

« Ils t'ont coupé la langue ? Ils font ça, parfois. Ils coupent la langue et ils baisent les gamins. »

Nouvelle explosion de rire. Sur la petite table, quinze cannettes de bière vides, une bouteille de gin, une autre de vodka. Il tapote la place libre à côté de lui.

« Qu'est-ce qui t'arrive, mon ange, tu ne dis pas bonjour ? »

Il faudrait tourner les talons, claquer la porte. À la place, Alice s'assied, toute raide, à son côté. L'entourant de son bras, il l'attire à lui en la forçant à se coller contre lui.

« Je te présente Émilie, ma pote de fac, fille de notre proprio et, depuis seulement avant-hier, directrice com' de Publiluxe. »

Il lève sa cannette vers la fille.

« À ton retour des USA et tes futurs millions, ma beauté ! »

Ma beauté ? Nouveaux rires. La fille se tourne vers Alice.

« Sérieux, tu travailles pour de vrai pour ces pédophiles ? »

Il faudrait, là encore, se lever. La fille est si canon et il semble si proche d'elle. Un des mecs fume un joint qu'il fait passer. Émilie tire une grosse taffe, puis le tend à Alice, qui le refuse. Il se met à rire méchamment.

« Laisse tomber. Elle fume pas. Elle boit pas. Elle est parfaite, Alice. »

Gloussement de la fille et de tous les autres. Se lever. Débarrasser la table. Dire, ça suffit. Dégagez tous. Mais où trouver une telle audace ? Alors qu'Anne-So, tout là-bas, au chevet de son enfant, sa mère, par sa faute, en pleurs dans sa cuisine. Cette Émilie en plus. Si sûre d'elle-même. Plonger dans l'œil du loup. Attraper, à mains nues, les crabes. Courir sous les obus. Entrer dans les taudis. Monter sur les barricades. Soigner. Consoler. Prier. S'allonger sur l'asphalte. Contrer. Distribuer. Donner.

Attendre, immobile, dans la vase, le surgissement du poisson d'or.

Il la toise, hargneux.

« Dis quelque chose, Alice. Ils vont finir par croire que tu ne les aimes pas. »

Elle le regarde, lui, son verre, toutes les cannettes sur la table. Il rit plus odieusement encore.

« C'est bon, j'ai compris. Madame est fâchée. »

Émilie se tourne vers elle, acerbe.

« C'est vrai ? Elle est fâchée ? »

Tant de méchanceté. Alice secoue la tête en rougissant. Émilie se tourne vers lui en pouffant.

« Tu vois, tu te trompes, elle est pas fâchée. »

Et tous deux de se marrer. Tous les autres, à leur suite. Alice ne sait même pas pourquoi. Se lever. Renverser la table. Les foutre tous dehors. À la place, elle invoque un mal de tête et part se coucher. Ce nœud de chagrin en elle. Massacre des bébés tortues. Ida qui ne revenait pas. Seule, toujours seule, Alice. Seule sur le chemin de l'école. Seule en face de sa mère et même du temps où, entourée de ses amis, elle était avec Geoffrey. Jusqu'à lui. Pourquoi se montre-t-il, alors, si cruel ? Allongée sur le lit, elle se tourne et se retourne, incapable de trouver le sommeil. Il finit par entrer et, face au flot de ses larmes, la somme d'arrêter immédiatement ces « pleurnicheries ». S'il s'est montré aussi cool avec Émilie, c'est pour se la mettre dans la poche au cas où il galère à trouver un boulot et qu'ils n'arrivent pas à payer le prochain loyer.

« Oui, d'accord, pour te rendre, aussi, un peu jalouse, histoire que tu piges la torture que c'est pour moi de te savoir toute la journée là-bas.

– Mais…

– Je sais ce que tu vas me dire. L'alcool ? C'était juste pour cette fois. Émilie aurait trouvé ça louche, sinon. »

Elle va pour dire quelque chose. Il prend son visage entre ses deux mains.

« Merde, Alice, arrête de voir tout en noir. C'est pour nous que je fais tout ça. Nous ! Si quelqu'un souffre, ici, c'est moi. Alors, arrête de me regarder comme ça. J'ai rien à me reprocher. Rien, t'entends ? Si j'étais pas là pour anticiper, on serait déjà à la rue. Putain, heureusement que je t'aime, tu sais. »

Il se met à lui caresser les cheveux.

« S'il te plaît, dis-moi que tu me veux. »

Son haleine chargée d'alcool.

« T'es si belle, ma fée. Dis-le, merde, j'ai envie de toi, là. »

Elle voudrait tant dormir. Il soulève le drap, caresse son entrejambe, se met à l'embrasser.

« Si tu le dis pas, c'est que t'as quelqu'un d'autre. »

Tout est si flou. Si instable.

« Mais non.

– Si, Alice, je le sens. »

Il a l'air soudain si triste.

« Je te jure, je n'ai personne.

– Dis-moi, alors, que tu m'aimes. Dis-le-moi.

– Je t'aime. »

Elle a dit ça dans un souffle. Presque par peur, par lassitude peut-être. Elle est si fatiguée, ce soir. Il se penche à son oreille, lui demande de se retourner. Elle hésite. Il la supplie. Elle obéit. Il la prend.

Chapitre 16

« Vous réexpliquer les vertus chrétiennes ? »

Le père Fidel soupire.

« OK, mais à une condition. J'ai transformé la crypte de ma paroisse en épicerie solidaire et j'ai besoin de petites mains pour la distribution des colis. Je pourrais compter sur vous ? »

Comment lui dire que c'est impossible, que jamais il n'acceptera…

« Sinon, au camping-car, le soir, au bois de Vincennes. Avec des bénévoles, je propose du thé et du café chaud aux filles. Venez, cela leur fait tellement plaisir d'échanger avec des gens qui ne les jugent pas. »

Alice acquiesce, mal à l'aise. Le visage du père Fidel s'éclaire.

« Formidable ! À nos vertus, maintenant ! Alors, d'un côté, vous avez les quatre vertus cardinales que le monde antique pratiquait déjà : la prudence, la tempérance, la justice et enfin la force. De l'autre, vous avez les trois vertus dites théologales, qui naissent avec la chrétienté : la foi, l'espérance et la charité. Ce qui nous fait un total de sept. Revenons maintenant à notre procédure.

Vérifier qu'une personne est sainte, c'est s'assurer qu'elle a pratiqué l'ensemble de ces vertus de manière héroïque.

– Héroïque ? »

Il se met à rire.

« Oubliez Hollywood. Ce qu'on appelle l'héroïcité, ici, c'est la constance et l'humilité dont cette personne a fait preuve tout au long de sa vie dans la pratique de ces vertus. Cela n'a l'air de rien comme ça. C'est pourtant LE critère qui distingue les vrais saints de ceux qui peuvent agir avec grande générosité, mais uniquement par à-coups, au gré de leur humeur et parfois sans réelle simplicité.

– Je vois.

– Eh bien ça y est, je vous ai tout dit, je peux filer !

– Non, attendez… La foi, la charité, je comprends, mais en quoi le fait d'espérer est une vertu ? Tout le monde espère, non ?

– D'espoir, oui, mais pas forcément d'espérance. »

Alice lui lance un regard incrédule. Il lève les yeux au ciel.

« La différence est simple. Là où l'espoir ne s'adresse qu'à notre vie terrestre – j'espère plus de bonheur, plus de richesses, etc. –, l'espérance, elle, ne s'adresse qu'à la promesse de la vie après la mort. Si dure soit mon existence sur terre, je sais que je goûterai, un jour, à la joie de connaître Dieu. »

Alice fronce des sourcils.

« Quelque chose vous contrarie…

– C'est que… du coup, à quoi sert la vraie vie ?

– Quelle question ! À se tenir prêt pour l'autre.

– Mais à quoi bon se tenir prêt, si une autre, bien plus incroyable, nous attend ?

– Ah, mais Alice, encore faut-il l'être, prêt, pour qu'elle le soit, incroyable. Or c'est ici, sur terre, que se fait le boulot. »

Il semble lire son objection dans son regard.

« Croire en une autre vie après la mort, ce n'est pas fuir celle-ci, bien au contraire. Pour dire les choses autrement : avoir les yeux braqués sur la lumière ne préserve nullement des ténèbres. J'irai même plus loin. Plus vous fixez la lumière, plus la profondeur des ténèbres vous est dévoilée et plus vous devez les affronter. »

La profondeur des ténèbres ?

« Je vois à votre visage que je vous ai complètement perdue. »

Alice s'apprête à lui dire que ce n'est pas grave, elle se sent si peu concernée par ces questions métaphysiques…

« Mon nom, Kayitera… »

Le père Fidel s'arrête, incapable, semble-t-il, d'aller plus loin. Alice le dévisage. Où veut-il en venir ?

« C'est un nom tutsi. »

La bombe est lâchée. Alice tressaille.

« J'avais douze ans quand tout est arrivé. J'étais, alors, si rempli de Dieu que j'avais fait ma demande pour rentrer au petit séminaire. Là-bas, c'était une chose possible. Ce l'est peut-être encore aujourd'hui, mais bon… »

Un grand silence. Alice n'ose plus faire un geste.

« Les tueries venaient de commencer. Nous étions cloîtrés chez nous avec mes parents et mes cinq frères et sœurs quand quelqu'un a frappé à notre porte. À la vue de son plus vieil ami d'enfance, un Hutu respecté de tous, mon père nous a crus sauvés et il a couru lui ouvrir. Aussitôt, son ami en a profité pour faire entrer ses hommes, hache à la main. De là où je me suis caché, j'ai tout vu. Lui, surtout, s'acharnant sur ma mère, puis sur ma petite sœur âgée de trois ans, tandis qu'il hurlait à ses collègues de nous tuer jusqu'au dernier. Moi ? Pour une raison qui m'échappe, aucun ne m'a vu derrière le frigo. Imaginez l'horreur, une fois qu'ils sont partis. Mes parents et mes frères et sœurs réduits en bouillie ! Dès les premières lueurs du soir, j'ai fui. Dieu ? Je ne comprenais pas. Je ne réalisais pas. En même temps, je m'accrochais à Lui. Je n'avais plus que Lui. Après que j'ai couru des kilomètres, une femme m'a trouvé et m'a caché pendant quelques jours, jusqu'à ce que, certaine d'avoir été dénoncée, elle me demande de partir. Combien de temps j'ai erré ? Un mois ? Deux mois ? Le jour, je me cachais, la nuit, je parcourais des kilomètres. L'horreur m'a malheureusement rattrapé alors que je tentais de traverser une rivière. Ils m'ont violé, puis m'ont laissé pour mort. La nuit venue, j'ai rampé, en sang, vers la forêt, où, incapable de me tenir debout, je suis resté plus d'une semaine à ne me nourrir que de feuilles et d'eau de pluie. Depuis combien de temps j'avais sombré dans le coma quand des soldats de l'Armée de libération m'ont trouvé ? Je ne le saurais jamais. C'est à eux que je dois la vie sauve.

Il se tait et Alice ne bouge plus. Son regard revient peu à peu au présent.

« Voyez, je n'ai pas été épargné. Pour autant, je n'ai pas perdu la foi. Le goût de vivre, oui, et pendant de longues années. Mais, étrangement, pas la foi. Sans elle, c'est certain, je ne serais jamais revenu…

– Revenu ?

– Ici, dans cette vie. Le chemin pour la regagner s'avérait, par avance, si douloureux. Sans cette espérance ancrée au fond de moi, j'y aurais renoncé et je ne serais pas devant vous en train de vous parler, vous comprenez ? »

Au cœur de la nuit, elle perçoit l'incendie de gloire
Muette de stupeur

Sur le pont, ce soir, l'oiseau n'était pas là. Dommage. Alice aurait eu tant de choses à lui confier : Anne-So qu'elle n'a toujours pas osé appeler, Émilie dont le seul souvenir l'étreint, sa sœur, sa mère, Ida, ce prêtre, sa foi inébranlable… Tant de choses qu'elle aurait voulu partager, ce soir, avec le goéland. Elle se sent si stupide avec les êtres humains. Pourquoi a-t-elle autant de mal avec eux ? Parfois, elle voudrait être un oiseau. Mieux encore. Mettre au monde un oiseau. Elle en fait souvent de très beaux rêves. Debout, au milieu d'une plaine, elle berce un oisillon dans ses bras. Tout est alors si simple. Tous deux se regardent. Béats. Mais qui, dans ce monde, pour goûter ce royaume ?

Sur la place de l'Hôtel-de-Ville, le marché de Noël avec ses cabanes, son manège et son toboggan gonflable, le rire des enfants. Face à leur joie, Alice éprouve, pour la première fois, le besoin de déambuler. La ville est si belle, elle en profite si peu.

Dans une rue adjacente, elle se prend à désirer un manteau rouge exposé dans une vitrine. Un homme la bouscule, il lui sourit en s'excusant. Dans les cafés, des jeunes trentenaires, comme elle, chantent et s'amusent.

Est-ce à cause de la façon qu'il a eue de la plaquer contre le mur et de lui serrer le cou ? À cause de la façon qu'elle a eue de lui courir après dans la cage d'escalier ? Ce soir, elle ne se sent pas pressée de le retrouver. Peut-être est-ce lié à tout ce que ce prêtre lui a confié. Elle ne sait plus.

Pas plus ce qui la pousse à entrer, de nouveau, dans « son » église.

Pendant de longues minutes, elle reste debout, devant la nef. Cette soudaine tristesse qui remonte en elle. Tout serait tellement plus simple si elle avait la foi. Seulement, jamais rien ne lui est tombé dessus. Pas le moindre appel céleste ni la moindre révélation, comme à « ses » saints. Ce n'est pas faute d'aimer pourtant. Alors pourquoi eux et pas elle ? Merde, il lui reste si peu de carburant. Elle se tourne vers les statues de sainte Geneviève, de sainte Cécile, de saint Martin, de sainte Louise de Marillac, de saint Vincent de Paul. S'ils existent, n'est-il pas temps ? Anne-So, en plus, ses deux enfants. La guerre, partout, en train de se répandre. La montée des eaux. La pollution. À quand la fin de cette débâcle ? Et eux, les saints qui continuent de sourire. Comme le faisait sa petite sœur alors que tout s'effondrait en elle.

Après tout ce qu'elle a fait pour lui, n'a-t-elle pas droit à mieux que ça ? Comme si elle n'avait pas traversé suffisamment d'épreuves. Comme si le monde ne souffrait pas assez. Le cœur d'Alice bat si vite. Elle peine à respirer.

Sortir.

Lever la tête.

Happer l'air à grands coups.

Pleurer.

VIE ET MIRACLE DE SAINTE JULIENNE – IVE SIÈCLE.

UN JOUR, le diable vint parler à Julienne sous l'apparence d'un ange, or celle-ci comprit que c'était un piège. Elle saisit le faux ange et le contraignit à lui dire qui il était. Affolé, ce dernier lui avoua qu'il était un démon envoyé par son père, Belzébuth, pour la tromper.

« Je t'en supplie, Julienne, rallie-toi à moi. Mon père me punit si cruellement chaque fois que j'échoue à détourner une bonne âme de Dieu.»

Pour toute réponse, Julienne lui lia les mains derrière le dos, le jeta à terre et se mit à le battre rudement. Le démon l'implora à grands cris.

« Bonne Julienne, je t'en supplie, arrête ! »

Toujours aussi implacable, elle se mit à le traîner derrière elle au vu et au su de tous. Et le démon de hurler :

« Madame Julienne, cessez de me rendre ridicule ! Où est donc votre miséricorde ? »

Impassible, elle continua de le traîner par tout le marché. Après quoi, elle le jeta dans une latrine.

Chapitre 17

« Alice ! Quel bonheur de t'entendre !

Et elle qui avait si peur qu'Anne-So lui en veuille de ne pas l'avoir appelée.

« Pour tes deux fils, je m'en veux tellement, tu sais, je…

– Ah non, c'est plutôt moi qui te dois des excuses. Sans le père Fidel, comment aurais-tu pu deviner ? Si je n'étais pas toujours à courir aussi. Mais Pierre va mieux, Alléluia ! Et toi ? »

Alice bredouille que ça va. En vrai, non. Pas du tout même. Mais comment parler de cette sensation d'émiettement. De ce froid, aussi, sur ces marches, qui lui glace la peau ? Le rire d'Anne-So lui manque si fort.

« Tu reviens quand ?

– Tu ne m'en veux pas ? Je sèche jusqu'à Noël et j'enquille avec la semaine de fermeture. Mais on se voit dès la rentrée, à la cérémonie de Charlotte. »

Dix jours sans elle.

« Alice, tu es toujours là ? »

Les larmes coulent.

« Oui.

– Au fait, pour ta session, ne t'inquiète pas si tu trouves monseigneur Berthet tendu. Deux prêtres qu'il pensait bien connaître viennent d'être mis en examen pour viols. Le pauvre, il est dans tous ses états.

– C'est une vraie hécatombe.

– Je ne te le fais pas dire. Et toi, tes nausées ? »

Alice la rassure. Elle n'en a presque plus. Anne-So se réjouit en lui souhaitant de joyeuses fêtes, puis raccroche. Ce silence autour d'elle. Se lever maintenant. Faire les courses en espérant qu'il ait trouvé du travail. Allumer la télé. Se lover contre lui. Regarder tous les deux un film… Mais, lorsqu'elle rentre, il est dans tous ses états. Deux boîtes l'ont rappelé pour lui dire qu'elles n'avaient finalement plus besoin de personne.

« Ils mentent, j'ai vérifié.

– Mais pourquoi mentiraient…

– Tu ne sais même pas la dernière ? Ma prime, je peux m'asseoir dessus.

– Quoi ? Tu m'avais dit que c'était sûr, que tu allais la…

– Cette salope a écrit au big boss que j'avais insulté un de leurs plus gros clients. Du coup, ils me virent pour faute grave. Ce monde est dégueulasse, Alice.

– Mais comment on va faire ?

– Comme si, avec mon CV, je n'allais pas retrouver du taf. J'ai juste mal au cœur, c'est tout. Cette salope d'Émilie, par-dessus le marché, qui a refusé de me présenter à son boss. Tu sais quoi ? Qu'elle crève, cette pute ! »

Cette pute ? Dans le salon, Alice voudrait pousser un cri de joie. Il n'aime donc qu'elle. Elle se sent si heureuse soudain, si… Coup de sonnette.

« T'as invité quelqu'un ?

– Moi ? »

Nouveau coup de sonnette. Qui donc cela peut-il être ?

« Vas-y, qu'est-ce que t'attends ? »

Alice part ouvrir. Elle dévisage la jeune femme qui lui fait face sans tout de suite la reconnaître. Puis elle se fige, interdite. Valentine, sa petite sœur !

« Qu'est-ce… que tu fais là ?

– Je viens te voir, Alice. »

Même sa voix a changé. En plus grave. Son regard aussi. Tellement plus intense. Qu'est-il advenu de la sale gamine partie il y a cinq ans ?

« C'est qui ? »

Une ombre dans les yeux de sa sœur, comme si elle avait perçu son appréhension. Il s'approche à grands pas. Valentine prend les devants en s'avançant vers lui.

« Bonjour, je suis Valentine, la sœur d'Alice. »

Il ne daigne pas la regarder, fixe Alice, tendu.

« Je croyais que tu ne la voyais plus ? Tu me mens, c'est ça ? »

Cette stupeur dans les yeux de sa sœur. Mais comment lui expliquer les coups reçus, enfant, sa fragilité, son amour.

« Non, c'est pas ça… je…

– Je quoi, putain ? »

Il se tourne vers Valentine, rageur.

« Et vous, qui vous a donné la permission de sonner à n'importe quelle heure comme ça ? »

Elle se plante devant lui, le toise, glaciale.

« De une, quand quelqu'un vous dit bonjour, on répond bonjour, de deux, on parle correctement à ma sœur, de trois, on me laisse tranquille avec elle parce que j'ai des choses à lui dire, c'est clair comme ça ? »

Alice se pétrifie sur place.

« Valentine, s'il te plaît…

– Non, Alice. Maman va mal et moi, je veux te voir, tu m'entends ? Cela ne peut… »

Il lui attrape le bras, se met à le serrer très fort.

« Toi, tu dégages ou je vais devenir méchant.

– Lâche-moi ou j'appelle les flics. »

Il se met à ricaner.

« C'est ça, fais-moi peur ! »

Jusqu'où ce cauchemar ?

« Et toi, tu ne dis rien ?! »

Alice regarde sa sœur, incapable de faire le moindre geste. Révoltée, Valentine tente de se dégager.

« OK, mec, si à deux tu me lâches pas, je hurle. Un… »

Il la lâche. Elle le fusille du regard, se tourne vers Alice.

« C'est quoi, ce délire ? Tu t'es vue ? On dirait un zombie !

– Valentine, s'il te… »

Il ne lui laisse pas le temps de terminer sa phrase. Il la tire en arrière dans l'appartement et claque la porte d'entrée. Un moment de flottement qui semble durer une éternité, puis des grands coups à la porte, la voix de Valentine.

« Appelle-nous, Alice ! Tu ne peux pas te faire traiter comme ça, tu entends ?! Appelle ! »

Le bruit de ses pas qui s'éloignent. Dans le salon, Alice retient son souffle sans oser le regarder. Va-t-il s'en prendre à elle ? Frapper les murs ? Au lieu de cela, il lui caresse la joue en lui murmurant qu'il comprend mieux pourquoi elle est si lente, pourquoi, aussi, tout est toujours si compliqué avec elle.

« Avec une sœur et une mère pareilles… »

Alice ne relève pas. Il a dit cela si gentiment, rien d'autre ne compte, non ? Il l'enlace tout en continuant à lui caresser le visage.

« Depuis le début, elles veulent nous séparer. Mais toi, tu es si bonne. Tu ne vois rien… Comme pour Geoffrey et tous ces faux amis qui n'arrêtaient pas de profiter de toi en se faisant payer des coups à boire. Mais je suis là, maintenant. Viens que je t'embrasse, ma fée. »

Elle lève les yeux vers lui, elle oublie tout de sa violence, sa hargne. Il y a tant à vivre dans ce salon avec lui. Tant à exister. Sa mère, sa sœur, eux tous ?

Pourquoi leur tendre la joue ?

Chapitre 18

Dernier jour de boulot avant les fêtes. Juste avant la session, Alice a besoin de se dégourdir les jambes. Une fois dehors, elle marche à grands pas vers le pont quand, à une cinquantaine de mètres, elle aperçoit Magda Demir, la postulatrice de la cause d'Ida Leyrat qui avait déboulé dans son bureau ivre de rage. Alice s'apprête à faire demi-tour. Trop tard, la folle l'a reconnue et court au-devant d'elle.

« Quelle coïncidence. Je venais justement vous voir pour vous présenter mes excuses, vous inviter aussi à l'inauguration de notre… »

Alice ne l'écoute plus. Sur le rebord du pont, elle vient d'apercevoir « son » goéland. Et elle qui le pensait parti à jamais.

« Laissez-moi passer, voulez-vous ?

– S'il vous plaît, ce serait tellement important que vous découvriez ce centre. C'est une idée d'Ida Leyrat, vous savez et… »

Ida ? Non, ce n'est vraiment pas le moment, l'oiseau, en plus, là-bas, qui la fixe et dans l'œil duquel…

« Laissez-moi passer, je vous dis. »

Surprise par la fermeté d'Alice, la petite bonne femme s'écarte. Sans plus se préoccuper d'elle, Alice se dirige droit vers l'oiseau et, arrivée à sa hauteur, plonge son regard dans le sien. Elle a si fort besoin de retrouver ce peu encore intact d'elle-même. Alice sève, au fin fond de l'œil de l'animal. Alice nue, pleine encore à ras bord de désirs. Alice garde baissée. Non encore désunie. Non encore transpercée. Alice, dix ans, cent ans, ruisselante de confiance, étourdie de conquête. Alice, chair dans la clarté du monde et parmi tous les champs d'avoine, tous les taudis du monde… Une main posée sur son épaule la sort brutalement de ses pensées.

« Pardon, c'est encore moi, mais vous faites quoi avec cet oiseau, je veux dire… »

Sur le rebord, Alice, blême, voit le goéland s'envoler.

« C'est incroyable, vous le faites exprès ou quoi ?

– Je… je suis désolée, je voulais juste savoir… »

Exaspérée, Alice lui tourne le dos et commence à s'éloigner. Magda la poursuit.

« Attendez, c'est important, je veux juste savoir ce que vous faisiez avec cet oiseau. Je vous demande cela parce qu'Ida Leyrat… »

Alice se retourne.

« Avec le loup, oui, je sais ! »

La petite bonne femme la considère complètement abasourdie.

« Vous voulez dire… que vous… avec cet oiseau…

– Oui, comme elle avec le loup, et alors ? »

Les pupilles de Magda se dilatent.

« Non, ce n'est pas possible ! Ce serait donc vous qui…

– Moi, quoi ? Veuillez prendre rendez-vous et me laisser passer. »

Aux jours de la fin
Qui parmi eux reconnaîtra les prophètes ?

*

Dans le café, Berthet lève son demi.

« Tout d'abord, à vous chère Alice ! Grâce à votre formidable efficacité, cette session d'ouverture du père Sontag s'est on ne peut mieux déroulée. »

Applaudissements de tous. Alice, troublée, baisse la tête. Ce regard si chaleureux que Berthet lui adresse. Une image remonte. Les yeux de son père posés sur elle quand elle n'était qu'une enfant. Ses deux mains la soulevant dans les airs et la faisant tournoyer. Le cœur d'Alice se met à battre violemment. Mais pourquoi penser à lui qui les a si impitoyablement abandonnées ? Elle se tourne vers son voisin.

« Et vous, d'où vous vient cet attachement au père Sontag ? »

L'historien s'apprête à lui répondre quand le portable d'Alice vibre à nouveau. « T'es où, putain ? »

Quand, en fin de session, Berthet les avait tous invités à boire un coup, Alice avait tenté, poliment, de se désister.

« Je suis désolée, mon mari m'attend à la maison.

– Eh bien, mon petit, appelez-le et dites-lui de vous attendre. Vous avez été sensationnelle, je tiens à ce que vous soyez des nôtres.

– C'est très gentil à vous, mais cela ne va vraiment pas être possible. »

Le visage de Berhet s'était alors assombri.

« Vous ne trouvez pas que tout pue assez, comme ça, en ce moment, dans l'Église ? »

Elle l'avait jaugé, stupéfaite. Il avait poursuivi, toujours aussi sombre.

« Alors, oui, Alice. J'ai besoin de vous, ce soir, pour fêter le peu de lumière qui subsiste au milieu de toutes ces saloperies. »

Sans rien laisser transparaître du désespoir qui l'habite, Berthet lève, à présent, son verre en direction des historiens.

« Merci pour votre travail, messieurs. Par les temps qui courent, ce n'est pas à tous les coins de rue qu'on trouve des bénévoles prêts à rédiger plus de trois mille pages de rapport. »

Nouveaux applaudissements interrompus par le tintement d'une cuillère sur un verre. C'est le postulateur de la cause qui, pinte de bière à la main, porte un nouveau toast.

« Au père Sontag, sans lequel nous ne serions pas réunis aujourd'hui. À sa bonté d'âme, son amour des hommes, sa défense du petit peuple des Chaldéens, sa défense de la langue araméenne, qui fut celle de notre Christ, à sa charité sans faille, son humilité et, enfin, son courage. »

Dans un silence solennel, tous boivent pour aussitôt se remettre à parler en même temps : sur la difficulté de trouver des témoins encore vivants, la beauté de ce champ de pommiers au-dessous duquel se trouverait – peut-être – la dépouille du père Sontag, la disparition prochaine de la dernière communauté de lazaristes en Iran, l'excellente réputation d'honnêteté dont jouissent les chrétiens dans le pays, au point que les Iraniens s'adressent toujours à eux quand l'un de leurs appareils casse.

« D'où le nombre surprenant de chrétiens réparateurs en tout genre là-bas. »

Rires. Les discussions se poursuivent. Berthet remercie Alice du regard, le notaire et l'un des historiens lui demandent son numéro de téléphone, le délégué épiscopal l'invite à « sa » messe de minuit, l'émissaire de Rome, quant à lui, l'engage à venir visiter le Vatican. Face à un tel succès, Alice oublie l'heure et se laisse entraîner par la gaîté de tous.

Chapitre 19

« Putain mais c'est quoi ça ?! »

Il brandit le portable d'Alice, fait défiler quatre photos d'eux tous, bras dessus, bras dessous, au café, envoyées, à l'instant, par Berthet avec ce petit SMS : « Merci encore, Alice, vous avez été exceptionnelle, voici quelques photos souvenirs de la part de Fabien Gazelle qui, tout comme moi, vous a trouvée formidable. »

« Ce n'est rien, mon amour, on a fêté la session, c'est tout.

– Tu te fous de moi, là ? »

Elle n'aurait jamais dû accepter ce troisième verre. Elle sait combien l'alcool lui monte vite à la tête. Elle hausse les épaules, sourire aux lèvres.

« Tout va bien. »

Elle réalise, à sa tête, qu'elle n'aurait pas dû répondre cela. Elle essaie tant bien que mal de se corriger.

« Je te jure, mon amour, t'inquiète. »

Cette colère qui monte en lui. Elle le voit bien à sa façon de se raidir. À ses pupilles qui se dilatent, à cette façon qu'il a de la pousser contre le mur. Il faudrait s'alarmer, avoir peur de lui. Mais rien. Pire même, elle a envie de rire.

« Tu me dis tout de suite la vérité, Alice. C'est qui, ce Fabien ? »

À nouveau, elle cherche ses mots. En vain. Ce rire en elle. Non, elle ne doit surtout pas. Se débattre, à la rigueur, parce qu'il lui serre vraiment très fort les poignets. Elle ne parvient qu'à lui sourire.

« Allons, chéri, s'il te plaît… »

Il lui colle la main sur le visage.

« C'est qui, Fabien ? »

La main lui écrase si fort la bouche que ses mots se métamorphosent en un gloubi-boulga qui, malgré elle, la fait éclater de rire. Il la relâche, interloqué.

« Arrête ça immédiatement, Alice. »

Elle voudrait bien, seulement elle n'a plus le contrôle sur rien et, comme une canalisation d'eau qui pète, son rire explose dans le salon. Renversant tout. Il la secoue violemment.

« Réponds ou tu vas le regretter ! »

Son rire s'arrête net.

« Réponds, je te dis ! »

Tout tourne si fort. Dire quelque chose. Mais quoi ? Elle ne sait même plus lequel d'entre eux est Fabien. Lui qui l'insulte maintenant. Saisit le cendrier. L'un des historiens peut-être. Hurlant qu'il va la bousiller. Ou alors le notaire. Lui qui, de toutes ses forces, le balance sur elle. Le cendrier. En pierre. Lourd. Très lourd. Le cendrier qu'elle voit arriver droit sur elle. À la fois vite et si lentement. Comme dans un film. Le cendrier à moins d'un mètre. Le cendrier qu'il a lancé de toutes ses forces sur elle et qui, sous peu, très peu même, s'apprête à. Elle, Alice. Sa tête. Comment est-ce possible ? Le cendrier si lourd, à une vitesse hallucinante, qui va la. Elle. Sa tête. Qu'elle regarde foncer droit, sans plus pouvoir bouger. Qu'elle fixe bouche bée… Tout paraît si incroyable. Si elle n'avait pas autant bu aussi. Le cendrier. Si proche maintenant. Regard si fier de son père sur elle. Douceur du corps d'Ida. Il faudrait réagir. Bouger, bien sûr. Seulement, tout cet alcool qui la cloue sur place tandis que le cendrier, à une vitesse vertigineuse, s'apprête à. Sa petite sœur, sans aucun doute, aurait su. Pas elle. Tandis que le cendrier à moins de dix centimètres. Comment est-ce possible ? Ils s'aimaient tant. Quand, soudain, l'élévation de ces mots en elle. Ces mots ou plutôt cet ordre, elle est si saoule, elle ne sait plus, Alice, ces mots tout droit issus du songe. L'exhortant. La ranimant. BAISSE-TOI ! Au moment même où, juste au-dessus de sa tête, le cendrier percute, de plein fouet, le mur.

Dans le salon, un grand silence. Elle reste, un moment, à le fixer sans dire un mot.

« Quoi ? Il a tapé à côté, je te visais pas ! »

Elle se lève sans lui répondre, part vers la chambre, où elle s'assied, très raide, sur le lit. Il apparaît sur le pas de la porte.

« Je te visais pas, je te dis ! »

Elle le fixe, immobile. Il donne un grand coup contre la porte.

« C'est ça, fais ta victime ! Puisque je te dis que je te visais pas ! »

Seulement rien. Elle ne dit rien et il finit par s'en aller.

Au cœur de la nuit, elle se dilate
Confusément.

Les jours suivants, il fait tout pour lui faire oublier l'« incident », allant même jusqu'à lui proposer de préparer lui-même le dîner de Noël. Alice, sans joie, acquiesce. N'a-t-il pas failli la tuer ?

Ce soir de fête, ils dînent presque en silence. Elle vomit, puis part se coucher sans répondre aux multiples messages de sa sœur ; pas plus à ceux d'Anne-So et de monseigneur Berthet qui lui souhaitent un joyeux Noël. Quand elle ferme les yeux, elle voit le cendrier qui vole et comment raconter ça ?

Au fil des jours, son malaise va grandissant. Le Fabien des photos ? Alice se montre si distante qu'il finit par cesser de la questionner. En elle, le cendrier a pris toute la place. Ou plutôt l'effroi. La sidération.

La terre était informe et vide
À la surface des abîmes, elle pleurait.

Dorénavant, chaque matin, il part, arguant de sa recherche de boulot. Alice n'est pas dupe. Il fuit. Une fois seule, elle se retrouve face au déluge de ses pensées. Se peut-il qu'il ait vraiment eu l'intention de la tuer ? Si oui, rien ne fait plus sens. Non, c'est impossible. Il l'aime tant. Mais alors pourquoi Alice ne parvient-elle pas à oublier ? Certes, elle aurait dû le prévenir de son retard et refuser ces trois verres. Nonobstant. Ce trouble qui, désormais, l'envahit lorsqu'elle croise ses yeux. L'autre jour, n'avait-il pas failli l'étrangler ?

Dans le salon, la ville, Alice tourne à vide.

Si, au moins, Anne-So était là. Elle aurait tant besoin de s'épancher. Avec lui, le lien s'est comme brisé. Pas même un mot d'excuse avec ça. Comment croire encore à son amour ?

Le soir, quand il revient, elle n'ose plus l'approcher. Cette peur en elle. Cette honte d'avoir peur. Cette menace.

Dans le salon, la chambre, la ville, elle lutte, elle dégueule, en pleurs.

Se peut-il qu'elle se soit trompée à ce point ? Que jamais elle ne le sauve ? Fuir alors ? Mais où ? Chez sa mère ? Plutôt mourir. Non, rien ne tient. Il est sa terre d'accueil. Son seul encore possible triomphe. Rester alors ? Mais jusqu'à quelle destruction ?

Elle marche dans la ville, scrute, en vain, l'œil des goélands, des chiens, des pigeons, des rats. D'heure en heure, l'écart entre lui et elle s'agrandit. Il rentre, il lui sourit. Toute grâce a disparu. Elle ne sent plus couler le miel. Le quitter ? Mais pour faire quoi ? Devenir quoi ? Elle le doit pourtant. Cette lueur de haine, juste au moment où il le lui a lancé, il a beau dire, elle l'a vue ! Se peut-il que les autres aient toujours eu raison ? Elle y a tellement cru, Alice. Elle a tellement donné.

Sans doute devrait-elle rappeler sa mère. Mais comment avouer une telle défaite ? Appeler le père Fidel alors ? Alice se verrait bien en train de distribuer des colis. Mais lui, là-dedans, sa fureur d'apprendre qu'elle s'est liée à d'autres ? Lui et sa peur à elle, Alice. Sa peur, de jour en jour, plus écrasante.

Quelque chose ne va pas. Sa vie est menacée. Qu'attend-elle, du coup, pour partir ? Si, au moins, elle pouvait se rendre au bureau. Tant de miracles là-bas. Elle serait prête à allumer des cierges. Prier même. Elle jette un œil à la porte d'entrée. À peine quelques pas et, c'est fini, elle s'en va. Pourquoi est-ce si dur ? D'autres ne sont-ils pas en train de se faire bombarder ? Que cherche-t-elle exactement ? Le cendrier ne suffit-il pas ?

Bruit des clefs dans la serrure. Elle voudrait tant sentir son cœur palpiter, ses joues devenir roses. Il entre, il la regarde. Rien. Ce froid en elle. Il part s'asseoir dans le canapé.

« T'es au courant pour les retraites ? »

Elle fait non de la tête.

« Ils veulent repousser l'âge à soixante-quatre ans. »

Elle ne réagit pas.

« Et pour les enfants qui s'endorment, tu sais ? »

Elle secoue à nouveau la tête. Il se lève en lâchant un soupir.

« Tu me déprimes, je vais prendre une douche. »

Nouvelle nausée qu'elle réprime en inspirant largement. Elle saisit son portable. « Suite à l'explosion des cas d'enfants endormis en Suède – deux mille à ce jour –, une centaine de nouveaux cas auraient été signalés aux USA et au Brésil. La communauté des scientifiques peine toujours à comprendre le phénomène. » Dormir H 24, comme Alice aimerait que cela lui tombe dessus. Fermer les yeux, s'allonger tout au fond de la vase, là où, selon Ida, vivait le poisson d'or et où nulle dévastation n'avait encore eu lieu. Tout fait si mal à la surface.

En sortant pour les courses, Alice tombe sur Valentine, qui lui saute dessus.

« Pourquoi tu ne me rappelles pas ? Qu'est-ce qu'il t'a fait ? »

Pourquoi faut-il que ce soit elle ?

« Alice, je t'en supplie, écoute-moi, tu ne peux pas rester avec lui. Tu ne peux pas, tu entends ?

– Fous-moi la paix.

– Non mais c'est grave. Allez, viens, je monte avec toi, tu fais ta valise et tu le quittes. »

À n'importe qui d'autre, Alice aurait dit oui ce matin, même à un parfait inconnu. Mais à elle, Valentine, qui lui a pourri toute son adolescence et qui, là, s'amuse à quoi exactement ? Comme si elle en avait réellement à foutre d'Alice.

« Maman nous attend. Tu viens ?

– Non, je te dis.

– Alice, s'il te plaît. J'ai tellement de trucs à te dire. »

Des trucs. Même sa façon de parler, Alice la déteste. Comme si son père, Ida, les plages là-bas…

« C'est un malade. Il faut que tu le quittes, Alice. »

Un mot de plus et elle va devenir violente. Elle lui tourne le dos, s'éloigne à grands pas. Valentine la rattrape. Alice, alors, se retourne et pousse un cri terrible, qui pétrifie, sa petite sœur sur place, avant de s'éloigner sans un mot pour elle, qui la fixe, éberluée, sur le trottoir, sans un mot pour personne d'ailleurs. Si seule depuis toujours, Alice.

Le 31, il la prévient qu'il part réveillonner avec ses potes. Elle ne réagit pas. Il claque la porte.

Le lendemain, 1er janvier, elle entre dans l'église.

À saint Nicolas, qui fit sortir vivants d'un tonneau trois enfants mis à mort par un boucher,

À saint Martin, qui rencontra le diable et qui le combattit,

À sainte Cécile, qui sortit indemne du supplice par suffocation,

À sainte Geneviève, qui visita le Ciel et l'enfer par l'intercession d'un ange,

À saint Vincent de Paul, dont le corps est toujours non corrompu,

À sainte Louise de Marillac, qui, en communiant, expérimenta le mariage mystique avec le Christ,

Alice demande de l'aide. Geneviève ne l'a-t-elle pas déjà sauvée ? De l'aide, ou plutôt le courage de tout cracher à Anne-So.

Lors, il n'y aura plus aucun retour possible.

Elle devra faire sa valise et partir.

Ou alors un autre cendrier.

Un autre cendrier. Un autre cendrier.

Chapitre 20

Dans l'église archi-comble, des chants s'élèvent. Crosse à la main et mitre sur la tête, l'évêque traverse majestueusement la nef. Arrivé devant l'autel, il s'arrête et se tourne vers une femme, assise au premier rang, entièrement vêtue de blanc.

« Charlotte, le Seigneur vous invite à Le suivre, avancez à Sa rencontre. »

Charlotte se lève et vient se placer devant lui.

« Me voici, mon Dieu, puisque Tu m'as appelée, me voici pour m'attacher à Toi sans partage. »

Dans un silence absolu, l'étrange dialogue se poursuit dans un face-à-face quasi éternel.

« Charlotte, voulez-vous persévérer toute votre vie dans votre résolution de virginité consacrée au service du Seigneur et de son Église ?

– Dans la force de l'Esprit saint, oui, je le veux.

– Voulez-vous suivre le Christ selon l'Évangile de telle sorte que votre vie apparaisse comme un témoignage d'amour et le signe du Royaume à venir ?

– Dans la force de l'Esprit saint, oui, je le veux.

– Voulez-vous être consacrée à notre Seigneur Jésus-

Christ, le Fils du Dieu très haut et le reconnaître comme votre époux ?

– Dans la force de l'Esprit saint, oui, je le veux. »

Au pied de l'autel, deux hommes déroulent un tapis blanc. Charlotte s'avance et s'allonge face contre terre. Du chœur s'élève un nouveau chant que toute l'assemblée reprend. « Seigneur, prends pitié de nous. » Au sol, Charlotte écarte les bras. « Ô Christ, exauce-nous. » L'évêque regarde Charlotte allongée en croix.

« Dans Ton amour, Seigneur, prends pitié de Ta servante, conduis-la dans la voie du salut pour qu'elle désire ce qui Te plaît et sois toujours vigilante pour l'accomplir. Par Jésus le Christ notre Seigneur. »

Charlotte se relève et s'approche de l'autel. Elle s'agenouille devant l'évêque et, tête baissée, lui présente ses mains, qu'il prend dans les siennes. Un enfant de chœur approche, ouvre un livre devant Charlotte, qui se met à le lire à haute voix.

« Mon père, avec la grâce de Dieu, je professe devant vous et devant l'Église mon désir et ma décision irrévocable de vivre la chasteté pour toujours. Recevez mon engagement et donnez-moi, je vous prie, la consécration. »

L'évêque élève ses mains devant elle.

« Accorde, Seigneur, Ton soutien et Ta protection à celle qui se tient devant Toi. Que jamais l'esprit du mal, acharné à faire échec aux desseins les plus beaux, ne parvienne à ternir l'éclat de sa chasteté. Par la grâce de Ton Esprit saint, qu'elle brûle de charité et n'aime rien en dehors de Toi. Et Toi, Dieu toujours fidèle, sois pour elle consolation dans la peine, lumière dans le doute, recours dans l'injustice. Dans l'épreuve, sois sa patience, dans la pauvreté, sa richesse, dans la privation, sa nourriture, dans la maladie, sa guérison. En Toi, qu'elle possède tout, puisque c'est Toi qu'elle préfère à tout. »

L'évêque remet à Charlotte un voile blanc dont elle se couvre la tête. Puis il lui passe, au doigt, un anneau.

« Recevez cet anneau, signe de votre union avec le Christ. Gardez-Lui une fidélité sans partage. Il vous introduira dans la joie de l'alliance éternelle. »

Il lui tend un grand cierge allumé, puis lui remet une petite croix, un chapelet et un rosaire. Enfin, il se lève et, visiblement ému, il embrasse Charlotte sur les joues.

« Que la paix soit avec toi. »

Il se tourne vers l'assemblée.

« Voici donc notre nouvelle vierge consacrée. »

Dans l'église, tous se lèvent et applaudissent. Des larmes roulent sur les joues d'Alice. Fascinée.

Monologue 4

Qu'est-ce qui m'a pris de ne pas voir ? Cette embauche au bureau, ma rencontre avec Anne-So, Charlotte, le père Fidel et tous les futurs saints de mes dossiers. Comme si tout cela était arrivé par hasard ? Fallait-il que je sois aveugle. Comme s'il ne s'agissait pas, depuis le début, d'une avalanche de signes ? Et pour me dire quoi, sinon que notre amour tient de ceux, si rares, accordés aux seuls élus ?

J'étais en morceaux et il m'a choisie. Toutes les filles le voulaient pourtant. Mais c'est vers moi qu'il est allé. Moi, son aimée. Moi, son unique. Comment ai-je pu oublier cela ? Alors qu'il avait tant souffert, il m'a redonné vie. Une telle somme de grâces ! C'est à moi, maintenant, qu'il incombe de faire resplendir ce don. Je suis la sainte de cet amour.

Je suis sa sainte.

Rien, désormais, ne pourra me séparer de lui. Ni cendrier ni voix. Comme s'il avait cherché, pour de vrai, à me tuer. J'avais bu tout simplement ! Comment ai-je pu à ce point le dénigrer ? J'ai traîné des pieds et tout, en moi, s'est assombri. J'ai baissé la garde, les doutes m'ont assaillie. Je me suis livrée au jugement et je l'ai condamné. Lui, la chair de ma chair. Mon tremblement. Mon lieu.

Je suis sa sainte.

Qu'est-ce qui m'a pris d'aussi mollement flancher, là où Louise, Rosalie, Sontag, Enfert, Geneviève, Martin, Ida se sont tous obstinés ? Comme si un tel degré d'amour n'induisait pas des sacrifices ?

Je suis sa sainte.

Je m'allonge devant lui. Je me couvre la tête de mes deux mains. Je lui demande pardon. Si, une fois, j'ai flanché, je jure de garder à jamais mon œil fixé sur lui. De ne plus vivre que pour lui. De ne plus penser qu'à lui.

Les autres ? C'est de les avoir écoutés que le doute m'a saisie. Désormais, mon seul cap, c'est lui. Mon seul désir, c'est lui. Plus jamais je ne le trahirai. Tant d'années d'errance avant de le connaître. En venant à moi, il m'a redonné vie. Moi l'Alice qui n'était rien. Moi, son élue.

Sa violence ? N'est-ce pas aux seuls esprits brisés qu'il est donné de s'élever ? Il m'a testée et j'ai failli. Mais l'épreuve est passée : j'ai grandi ! Plus jamais je ne trébucherai. Même au cœur de la nuit, je l'aimerai. Et jusqu'à la privation. L'absence de grâce.

C'est à moi seule, désormais, qu'il revient de le faire grandir, de le faire rayonner. À lui, non. Il a déjà tant souffert, tant donné.

Je suis sa sainte.

Dès aujourd'hui, c'est décidé, je renonce à moi-même afin qu'entièrement il me saisisse. Je m'abaisse au plus bas afin qu'il resplendisse.

Je suis sa sainte. Je suis sa vie. Sa voie. Ma dévotion dorénavant sera totale pour qu'enfin nous accédions à ce nous deux resplendissant de joie. Et où, si puissamment, je l'aime.

Moi, sa sainte.

Son tout.

Chapitre 21

« Eh bien mon petit, comme vous avez maigri ! Vous mangez assez, au moins ? »

Alice, vexée, baisse la tête. Ce nouveau feu en elle. Se peut-il qu'aucun ne le voie ? Depuis son retour, pas un qui ne lui tombe dessus pour s'enquérir de sa santé, jusqu'à Anne-So, hier, qui lui a fait promettre d'aller consulter. Dans son bureau, Berthet continue de la scruter.

« Donc, vous êtes sûre, tout va bien ?

– Mais oui !

– Parfait, parce que les sessions de clôture de Paulin Enfert et de Mme Élisabeth arrivent à grands pas, ainsi que la béatification des pères Planchat, Radigue, Tuffier, Rouchouze et Tardieu et, ah oui, il faut que vous alliez visiter, au plus vite, le centre de cette Magda Demir.

– Oh non, pas elle. Elle est complètement folle.

– Oui, mais pour clore la cause d'Ida Leyrat, j'ai besoin d'éléments concrets.

– Comment ça, clore ?

– Vous avez lu son libelle ? Après vingt ans d'athéisme, elle devient carmélite. Jusque-là, tout va bien. Mais patatras, la visite d'un soi-disant ange dans sa cellule va lui faire réaliser « son erreur » ! Après un dur combat avec sa sœur supérieure, elle obtient de pouvoir vivre comme ermite dans une grotte située à plus de deux mille trois cents mètres d'altitude où elle va passer vingt-cinq années à converser avec “son” ange. Vous voyez un peu le tableau ! Jusqu'à cette rencontre avec cette Magda Demir, une psychiatre turque parfaitement athée, qui, d'ermite, va la métamorphoser en mère Theresa des SDF et des migrants !

– Et ?

– Les illuminés m'emmerdent, Alice.

– C'est pourtant une belle vie, non ?

– Si on veut, mais si chaotique. Et puis, cet ange.

– Vous n'y croyez pas ?

– Je ne sais pas. Allez voir ce foutu centre et dites-moi. »

La nuit brille comme le jour et les ténèbres comme la lumière.

*

Dans le salon, face contre terre, elle lui demande, à nouveau, pardon.

« Arrête ça, immédiatement, Alice. »

Elle se relève, rayonnante.

« C'est quoi, ce sourire ?

– Rien. Je t'aime, c'est tout.

– Tu cherches à me déstabiliser, c'est ça ?

– Mais non, je te l'ai dit, juste à me faire pardonner.

– Parce que tu crois qu'il suffit de t'allonger par terre pour que j'efface tout ? Madame me fait la gueule, madame fait comme si je n'existais pas et clac ! Il faudrait que j'oublie tout ? »

Ne rien dire sur la fiasque d'alcool qu'elle a trouvée dans ses affaires. Tenir bon. Coûte que coûte.

« Je t'ai tout donné, Alice. Grâce à moi, t'as cet appart, t'as du travail, t'as des amis, alors que moi, rien ! Tu trouves ça normal ?

– Crois-moi, pourtant, je t'aime.

– Tu m'aimes ? Pourquoi je suis si malheureux, alors ? Pourquoi j'ai plus de copains, plus de d'argent, plus de boulot, plus rien ?

– Tout va s'arranger…

– Tu parles ! Depuis le début, il n'y en a que pour toi, Alice ! Mais si tu crois que je vais continuer à te laisser me démolir ! »

Ne surtout pas réagir.

« Baisse les yeux ou je t'en balance un autre ! »

Réfréner la peur qui…

« Baisse les yeux, je te dis, et arrête ce putain de sourire ! Avec ça, même pas foutue de me donner un gosse ! »

Chaque jour, elle s'astreint à accueillir un peu plus sa colère, à s'élargir de paix et de douceur. Il fait si bon dans ce lieu clos de sainteté où leur histoire d'amour étincelle. Pourquoi alors son corps ne suit-il pas ? Les nausées ont repris et, certaines nuits, son cœur bat à une telle vitesse qu'elle ne parvient pas à s'endormir.

Au bureau, il y a tant de choses à faire qu'elle n'a toujours pas trouvé le temps ni l'énergie d'aller visiter le centre de Magda Demir. Être une « sainte » lui coûte déjà bien assez comme ça.

Pour se donner du courage, elle glane, ici et là, dans la vie de « ses » causes, un peu de cette lumière dont elle a tant besoin. Paulette Callabat qui invente le Service familial rural ; Pierre Goursat qui fonde la communauté de l'Emmanuel ; Nicolas Barré qui crée, au cœur du Paris du XVIIe, un essaim d'écoles pour les plus pauvres ; Jean Léon le Prévost, qui se dévoue aux orphelins, aux apprentis et aux malades ; le père Planchat, qui s'occupe, sans relâche, des ouvriers et des plus pauvres du quartier de Charonne ; l'abbé Pierre, qui, lors du terrible hiver 54, prend le micro pour supplier chacun d'accrocher à sa fenêtre une pancarte sur laquelle on pourrait lire : « Toi qui souffres, qui que tu sois, entre, dors, mange, reprends espoir, ici, on t'aime. » Ce débordement d'exigence et de bonté. Alice prend tout. Boit tout.

« La différence entre le SAMU social et les saints ? Je dirais que les saints ne cherchent pas le résultat, eux.

– Comment cela ? Mais pourquoi ils se démènent, alors ?

– Pour accomplir ce que Dieu leur réclame, parfois même des choses qui dépassent l'entendement. À une époque où les femmes n'avaient pas droit au chapitre, sainte Jeanne de Chantale a fait construire plus de soixante-dix monastères en moins de vingt ans. Quant à saint Antoine de Padoue, face au mépris des gens de Rimini, il s'est tourné vers le rivage et s'est, ni plus ni moins, mis à prêcher aux poissons. Qu'importe l'objectif. Dieu demande, le saint exécute et, puisque c'est Dieu qui demande, l'échec n'existe pas.

– Mais comment savent-ils que c'est Dieu qui leur demande ?

– Ah, ça, mon petit ! »

Hier, elle est descendue au sous-sol avec Berthet pour répéter les gestes à accomplir lors des deux prochaines sessions de clôture.

« Je tiens à vous prévenir que ces séances sont publiques. Essayez donc de ne pas louper votre coup. La cire, ça brûle vite.

« OK, mais je fais fondre le bâtonnet dans quoi ?

– Dans cette petite casserole, et là, vous avez la bonbonne de gaz.

– Et les sceaux ?

– C'est moi qui les ai. Vous n'avez pas à vous en préoccuper. D'autres questions ?

– Oui, une fois que je les ai cachetés, comment j'envoie le *transuptum* et la copie publique à Rome ? Par Chronopost ?

– Grands dieux, surtout pas ! En fin de séance, vous les confierez au porteur qui aura été nommé par Rome et qui, par une dérogation spéciale, a le droit d'emporter les boîtes d'archives, avec lui, dans l'avion.

– Et que dois-je faire de la dernière copie ?

– Alice, prenez, s'il vous plaît, l'habitude d'employer les mots exacts. L'archétype sera rangé dans un endroit inconnu.

– Vous rigolez ? Mais pourquoi ?

– Pour empêcher quiconque d'en modifier le contenu et, bon, je vous l'accorde, sans doute aussi pour donner un peu plus d'apparat à la chose. »

Il hausse les épaules avec un doux sourire.

« Que voulez-vous, le mystère a du bon parfois. »

À déjeuner, toutes fêtent le retour de Charlotte. Pour l'occasion, Mme Grout a mitonné un bœuf bourguignon et Sandrine un crumble aux pommes.

À table, elles parlent, toutefois, si fort qu'Alice ne parvient pas à confier à Charlotte combien sa cérémonie l'a touchée. Toutes s'insurgent contre la hausse des prix, évoquent les cinquante mille morts en Turquie, la sècheresse dans plus de vingt départements, le dernier rapport très alarmant du GIEC, ces milliers d'enfants ukrainiens volés par les Russes, ces autres enfin, tous demandeurs d'asile, qui s'endorment un peu partout dans le monde, l'inquiétude galopante de la communauté des scientifiques à leur sujet… Charlotte les interrompt en riant.

« Et c'est comme ça que vous fêtez mon retour ? Non, mais, la vraie déprime ! Allez, je vous ressers de crumble pour la peine. Alice, ton assiette. »

Cette nausée à nouveau. Alice, livide, ne réagit pas. Merde, pourquoi là ? Toutes la fixent. Vite, trouver la force de se lever. Trop tard. Sous les yeux horrifiés des filles, elle a tout juste le temps de se tourner pour vomir, d'un jet puissant, par terre. Anne-So accourt.

« C'est bon, Alice, je t'emmène voir un médecin. »

Vie et miracles de saint Macaire – IVe siècle

Un jour, Macaire écrasa, de son doigt, une puce et, l'ayant tuée, fut désolé. Pour se punir, il resta six mois nu dans le désert jusqu'à ce que tout son corps ne fût plus qu'une plaie. Ce n'est qu'après cela qu'il s'endormit en paix.

Vie et miracles de saint Thomas de Cantorbéry – XIIe siècle

Se voyant poursuivi par un épervier, un oiseau qui savait parler s'écria : « Saint Thomas, viens à mon aide ! » Aussitôt, l'épervier mourut et l'oiseau fut sauvé.

Chapitre 22

Alice fixe la fille du labo.

« Ce n'est pas possible, vous avez dû faire une erreur, j'ai eu mes règles ces derniers mois.

– Non, non, je viens de vérifier, il s'agit bien de vous, madame.

– Mais puisque je vous dis que j'ai eu mes règles !

– Vous avez dû les confondre avec des saignements. Cela peut parfois arriver en début de grossesse. »

Alice regarde la fille, bouche bée.

« Donc vous êtes sûre ?

– Absolument.

– Mais… de combien de semaines ?

– Vu votre taux de HCG, je dirais entre huit et dix. »

Alice se retient de pousser un cri de joie. Jamais elle n'a connu de grossesse aussi avancée.

Dans la rue, ses pieds ne touchent plus terre. Elle pourrait embrasser chaque passant. Elle a tellement eu raison de tenir. De ne pas renoncer. Après l'épreuve, la récompense, et quelle récompense ! Débordante de bonheur, elle court vers l'appartement. Elle a tant envie de le lui annoncer. « Là, touche dans mon ventre, un bébé ! Notre bébé ! » Au pied de l'escalier, elle hésite. Ne devrait-elle pas attendre qu'il ait retrouvé un travail ? Hier, il était si inquiet qu'il l'a suppliée de faire un deuxième emprunt.

« Mais tu sais bien qu'avec les dix mille euros que j'ai déjà empruntés, jamais mon conseiller n'acceptera.

– Sept mille euros, s'il te plaît. Je te jure que je te rendrai tout, mon amour. »

Alors attendre, oui. Ne surtout pas l'affoler et encore moins le décevoir au cas où l'enfant, à nouveau, partirait. Non, cette fois, c'est la bonne. Il n'y aura pas de troisième fausse couche. Elle le sent, Alice. Mais comment garder une telle nouvelle pour elle ? Seulement, l'annoncer à qui ? À sa mère, qui s'effondrerait d'apprendre que l'enfant est de lui ? À sa sœur, qui se précipiterait pour la convaincre d'avorter ? Ida l'aurait juste serrée contre elle. Tiens, mais oui, elle va l'appeler Ida, son bébé. Alice éclate de rire. Ida ! L'enfant des vagues et du Pacifique. Elle gravit quatre à quatre les marches, elle entre dans l'appartement en se touchant le ventre, radieuse. Lumière de là-bas depuis si longtemps retenue en elle et qui, soudain, se libère. Lumière Ida où ni le père ni la mère, mais seuls les larves, les crabes, les perroquets, les chiens galeux, les vers, les goélands…

Dans le salon, quelque chose s'affranchit. Éclate. C'en est fini de tous ces murs de ville, d'immeubles, de pavillons, de chambres. La main posée sur son ventre, Alice jette sa chemise, retire son jean, ôte ses chaussures et se met à onduler doucement. Nue. Elle se veut nue à la rencontre de l'enfant et de la fête magique du corps qui, là, dans le salon, trépide et se met à tourner sur lui-même. Flèche dressée oscillant de plus en plus vite. Les deux mains s'agitant au rythme fou du sang qui cogne. Pupilles s'agrandissant. Devenant blanches, si blanches. Vie qui s'engouffre, furieuse, depuis le bout de ses orteils jusqu'à la pointe de ses cheveux. Écume, sève, comme délivrées soudain. Et qui la scinde. Elle, Alice, si large, au milieu du salon et jusqu'au bout du monde. Corps-œil déchirant, là, le voile. Enjambant. Pénétrant tout jusqu'à la rive d'en face et la vision totale. Corps. Fureur des vagues et de la main d'Ida et de l'enfant et de tous ceux pour lesquels, dans le salon, la ville, elle se met, tout à coup, à fredonner ce chant venu du fond des âges. Œil. Puits de lumière tournant sur lui-même à une vitesse folle. Avalant. Apaisant tout. En elle, Alice. En ce corps-œil et terre et sang et sel et sable et rire. Jusque…

« Alice ? »

Ces mains qui la secouent.

« Oh, Alice, tu fais quoi, là ? »

Elle redescend. Elle ouvre les yeux. Il la regarde, sidéré.

« Tu faisais quoi ? »

Cette appréhension sur son visage.

« Rien. Je dansais.

– Tu dansais ?! »

Il continue de la regarder fixement. Cette force incroyable qu'elle a sentie se déployer en elle et ce chant si mystérieux. Alice aimerait tant pouvoir les lui confier.

Seulement, il part vers la chambre où, dit-il, il a besoin de passer un coup de fil. Boire plutôt. Elle le sait. Au goulot de la petite fiole glissée à l'intérieur de sa veste. Elle ne doit pas s'inquiéter. L'enfant est là, désormais, et grâce à lui, elle va bientôt connaître la paix et le bonheur parfaits. Elle veut y croire. Elle y croit de toutes ses forces. Sinon, pourquoi ce bébé ? Et pourquoi cette danse si effrénée, si libre ? Si ouverte ?

Que la lumière est proche quand les ténèbres sont là !

*

« Alors, ici, c'est la grande salle commune et, comme vous pouvez le constater, tout respire le neuf. En plus des bancs et des grandes tables, nous allons bientôt recevoir deux grands canapés qui seront bien plus confortables. »

Magda Demir se tourne vers Alice qui découvre le lieu.

« Ne pensez surtout pas qu'il s'agisse d'un détail anecdotique. Aux yeux d'Ida, rien n'était plus important que ces notions de confort et de propreté. Plus la personne est démunie, plus elle doit être reçue comme un seigneur dans son palais. »

Magda lui adresse un grand sourire.

« Cela m'a pris du temps, mais j'ai compris. La preuve, les toilettes ici sont entièrement en faux marbre. »

Alice ne peut s'empêcher de pousser un cri de surprise. Magda se met à rire.

« Si, si, je vous assure, au point que certains se sentent gênés d'y aller. Mais il faut voir leur tête quand ils en reviennent. C'était cela, la magie d'Ida. Vous comprenez ? »

Alice acquiesce.

« Aucun détail ne lui échappait. Elle disait, par exemple, qu'il fallait absolument créer des lieux où les chiens puissent être reçus. Je me bats comme une lionne pour obtenir cette autorisation. Cela nous permettrait d'atteindre toute une population à laquelle nous n'avons pas accès, des jeunes surtout, qui refusent obstinément de se séparer de leur animal, vous voyez ? »

Alice acquiesce à nouveau.

« Vous avez des questions ? »

Alice, gênée, embrasse la grande pièce du regard. Depuis le début de la visite, elle n'a qu'une seule envie : en finir au plus vite. Elle se sent si remuée par tout ce qu'elle voit ici. Est-ce parce qu'elle n'est jamais venue de sa vie dans un tel endroit ? Parce qu'elle est enceinte ?

« Pas de questions ? Je continue la visite, alors ? »

Alice lui fait signe que oui, tout en cherchant Anne-So du regard. Que fait-elle donc ? Elle lui avait promis de la rejoindre.

« Tout au fond, à droite, vous avez la laverie et, juste en face, le coin douches. Tous les produits d'hygiène sont gratuits, bien sûr, mais il faut passer par Sylvie pour les obtenir. Cela permet d'éviter les vols et, surtout, les conflits. Même la mousse à raser, nous la distribuons dans des gobelets en carton pour éviter que quiconque brise le verre pour blesser quelqu'un.

– Cela arrive souvent ? »

Magda rit franchement.

« Disons qu'on a des jours avec, et des jours sans. »

Elle hausse les épaules, reprend.

« Eh oui, rien n'est tout rose dans ce petit monde. Tenez, par exemple, le jeune garçon assis là-bas. Il fait partie des dix survivants repêchés en pleine mer Méditerranée. Quand il a embarqué, il s'est assis sur les boudins du pneumatique en laissant la place, au centre, aux femmes et aux enfants et c'est ce qui l'a sauvé. Pas les femmes ni les enfants malheureusement, qui, pendant la tempête, ont été submergés par les vagues. Là-bas, devant la télé, c'est Robert qui peut parler huit heures d'affilée sans s'arrêter. Et juste derrière vous, c'est Alexandra, qui a vécu plus d'un an dans sa voiture avec son fils de dix-sept ans. Malgré cela, elle se pointait, tous les matins, parfaitement habillée et maquillée. À côté d'elle, c'est Triangle, qui vit depuis plus de trente ans à la rue. Et là, c'est Viviane, qui a vécu pendant de nombreuses années dans une tente, armée d'un gourdin à clous et de cinq chiens… »

Magda s'interrompt d'elle-même et regarde Alice, inquiète, soudain.

« Vous êtes toute pâle, vous allez bien ? »

Tant d'émotions partout dans cet endroit. D'odeurs aussi. De regards perdus. Violentés. Elle aurait besoin d'air.

« Asseyez-vous, je vous apporte un thé. »

Alice attrape Magda.

« Non, parlez-moi d'Ida plutôt. »

D'où ces mots ont-ils jailli ? Magda, un instant surprise, la fixe plus densément.

« Ida m'avait parlé de vous, vous savez ? Si elle est descendue de sa montagne, c'est pour vous. »

Cette Magda est folle, décidément et...

« Je sais que cela paraît dingue. Mais croyez-moi. C'est pour vous qu'elle est venue. Pour ce que vous allez faire. Je ne sais quoi. Mais quelque chose de tellement important. »

Et Anne-So qui ne se pointe pas...

« Quant à ma rencontre avec elle, je venais d'être expulsée pour la quatrième fois au motif que je n'avais pas le droit de loger des SDF chez moi. Je ne savais plus quoi faire pour venir en aide à tous ces pauvres gens et j'étais d'autant plus sur les nerfs que, juste avant cette dernière expulsion, l'un de mes hôtes m'avait agressée au couteau. À l'hôpital, je faisais des journées de douze heures. Autant vous dire que j'étais au bout du rouleau. Mes deux enfants, déjà grands à l'époque, avaient fini par couper les ponts avec moi en me traitant de tous les noms. J'enrageais contre eux et contre le monde entier. C'est là que quelqu'un m'a parlé d'elle. Je n'étais pas croyante, mais l'idée de rencontrer une ermite m'a tout de suite plu. De toute façon, je n'avais plus nulle part où aller. Ma première rencontre avec elle a été fulgurante. D'abord, le lieu où elle vivait. Je n'en revenais pas. Dans sa grotte, on ne pouvait même pas tenir debout et, pour dormir, je ne vous raconte pas ! Tout là-haut, le plus proche point d'eau était à quarante-cinq minutes de marche et à cette altitude, en hiver, il était courant que le thermomètre passe sous les -30. Pour autant, j'avais devant moi une petite bonne femme resplendissante, dont le seul regard apaisa ma colère. Je suis restée une semaine auprès d'elle, mais ce n'est qu'une fois redescendue dans la vallée que j'ai compris, senti, je ne saurais vous dire, qu'il fallait qu'Ida vienne m'aider. L'idée était si délirante que je l'ai refusée en bloc. Elle était alors ermite depuis plus de vingt-cinq ans. Pour quelles raisons accepterait-elle de tout lâcher pour m'épauler, moi, une athée ? Six mois plus tard, n'y tenant plus, je suis remontée la voir. Au moment même où elle m'a aperçue, elle a éclaté de rire en me disant qu'elle se demandait combien de temps encore j'attendrais ! J'étais sidérée. Dans sa grotte, elle avait tout rangé et avait déjà fait son baluchon. Dieu, me dit-elle, l'avait prévenue. Après… Cela a juste été miracle sur miracle. Devant Ida, les gens fondaient et, quand quelqu'un restait hostile, elle prononçait toujours le mot qui tapait juste. Quand elle vous rencontrait, elle savait tout de vous. Tout ! En moins de dix ans, nous avons ouvert quatre centres. Celui-ci, c'est le cinquième. Chez moi, je continue de recevoir des SDF, mais jamais plus de quatre, sur ordre d'Ida. Elle m'a réconciliée avec mes enfants. Elle m'a réconciliée avec la vie.

« Mais maintenant qu'elle est morte, vous faites comment ?

– Je fais comme elle me l'a appris. Je m'en remets à Dieu et tout roule, ne me demandez surtout pas comment.

– Vous êtes devenue croyante, alors ? »

Elle se met à rire

« L'important, Alice, n'est pas tant de comprendre, mais de se laisser saisir…

– Saisir ?

– Oui, bon, de s'ouvrir… mais assez jargonné, vous le voulez, ce thé ?

– Je peux juste passer aux toilettes, avant ?

– Bien sûr, vous les trouverez à gauche dans le couloir. »

Alice la remercie et s'éloigne. Cette émotion en elle. Vivement qu'elle puisse se passer un peu d'eau fraîche sur le visage. Elle ouvre une porte, sursaute en découvrant une pièce pleine de jouets, s'apprête à la refermer quand, dans un coin, tout au fond de la pièce, elle aperçoit une petite fille qui la fixe de ses grands yeux. Ce choc à l'instant même où leurs deux regards se croisent. Comme si elle l'avait toujours connue. Plus incroyable même. Comme si Alice était sa mère. Mais non, cela ne se peut. Alors pourquoi cette sensation si puissante. Depuis son coin, la petite continue de la fixer, semblant attendre quelque chose. Ses yeux ! Alice plonge en eux comme dans l'œil du goéland, lac noir, immense, où elle coule et où l'amour s'engouffre. La petite vient se lover contre elle. Chaudement. Si chaudement. Comme elle et Ida dans la case, elle et le sable, le vent, les crabes.

Monde. Naissance du monde. Chant du monde.

En découvrant l'enfant blottie dans les bras d'Alice, Magda en fait tomber son café. Depuis que sa mère est morte il y a six mois, la fillette refuse tout contact avec quiconque. Même avec sa tante, avec laquelle elle vit dans une chambre d'hôtel.

CHAPITRE 23

MAGDA A BEAU LE CLAMER, non, aux yeux d'Alice, il ne s'agit pas d'un miracle, encore moins d'un don qu'elle aurait :

« Je suis juste enceinte et la petite a dû le sentir. »

Anne-So qui vient d'arriver en recrache son café de surprise.

« Tu es enceinte ?! »

Alice la toise, radieuse.

« Depuis plus de deux mois. Les analyses du labo viennent de tomber.

– La belle nouvelle. Viens que je t'embrasse. Tu manges assez, au moins ?

– Mais oui. Pourquoi tu dis ça ?

– Tu as tellement maigri ces derniers temps. »

Anne-So a tort de s'inquiéter. Jamais Alice ne s'est sentie aussi bien. L'enfant la galvanise. Elle irradie de lui. Dieu l'a enfin récompensée. Anne-So la jauge, interdite.

« Dieu ? Mais tu m'as dit que tu n'y croyais pas.

– Y croire, ne pas y croire, quelle importance.

– Comment ça, quelle importance ?

– Dieu, tout est si simple, elle a raison, Magda ! Là dans mon ventre !

– Alice, tu m'inquiètes...
– Mais puisque je te dis que je vais bien ! »

Si bien, même. Anne-So est bien la seule à s'y tromper. Pour preuve, Berthet, à la fin de la session de clôture de Paulin Enfert, l'a trouvée si efficace qu'il l'a prise dans ses bras pour la remercier. Et l'autre jour, à déjeuner, l'ami du notaire de la cause de Mme Élisabeth l'a clairement draguée. Tout ce bonheur qui déborde. Seule ombre au tableau, il n'a toujours pas trouvé de travail et il revient, chaque jour, à la maison, plus déprimé. Alice ne veut plus attendre pour lui annoncer la nouvelle. Dans deux jours, c'est son anniversaire. Elle a décidé de fêter ça en grand, d'inviter le plus grand nombre de ses amis, de profiter de l'occasion pour tout lui dire. Dès qu'il saura, tout s'éclairera. Il trouvera la force d'arrêter de boire et de retrouver un job. Alice est confiante : c'est le dernier virage.

La patience des pauvres n'est pas oubliée
Les épées de l'ennemi, pour toujours, sont brisées

Sur les quinze potes de promo qu'elle a appelés, seuls quatre ont répondu à l'appel, et encore, il a fallu qu'elle insiste.

Tous sont arrivés à l'heure et ont joué le jeu en apportant un cadeau. Alice, de son côté, a concocté une moussaka et deux gâteaux au chocolat. Ne reste plus que lui, que tous attendent depuis plus d'une heure. L'un d'eux se tourne vers elle.

« Il était au courant, au moins ? »

Elle ne sait plus où se mettre.

« Oui, bien sûr. Je ne comprends vraiment pas ce qu'il fait. »

À 21 heures, elle leur propose de passer à table. Autour des entrées, ils évoquent ces députés d'extrême droite qui, la veille, ont tous feint de s'endormir à l'Assemblée pour dénoncer le nouveau traquenard de ces enfants de migrants qui, de plus en plus nombreux, s'endorment dans le monde. « Après les marchands de sommeil, les visas de sommeil ! » Ils parlent du tollé qui s'en est suivi, allant jusqu'aux coups de poing. Puis de cette vidéo visionnée par plus de trente millions de personnes et dans laquelle un homme masqué révèle avoir fui un ordre mondial secret qui, grâce à un gaz inventé par l'un de ses disciples, serait à l'origine de cette épidémie de sommeil.

« N'importe quoi ! Si ces enfants s'endorment, c'est à cause du stress.

– Ah oui ? Et comment t'expliques que les parents ne s'endorment pas ? Sans compter que, avant de se propager, le phénomène n'a touché que la Suède.

– Tous les psychiatres s'accordent à dire que la procédure de demande d'asile était particulièrement éprouvante là-bas. Sans doute l'est-elle devenue, aujourd'hui, dans tous les pays. »

À 22 heures, deux d'entre eux s'excusent en prétextant une autre soirée qu'ils ne voudraient pas rater. L'estomac noué, Alice sert sa moussaka aux deux restants. À 22 h 45, elle débarrasse la table tandis qu'ils lancent une partie de *Call of Duty* dans le salon. À 23 h 30, elle leur sert du gâteau en leur confiant son inquiétude, mais ils sont si absorbés par leur jeu qu'ils ne lui répondent même pas. À minuit, ils finissent par s'en aller et Alice part se coucher, morte d'angoisse. Et s'il s'était fait renverser par une voiture ? À 2 h 10, son portable sonne. C'est le commissariat du 20e arrondissement, qui lui apprend qu'il a été trouvé sur la chaussée dans un état d'ébriété très avancée. Pour éviter qu'il ne se fasse écraser, ils l'ont placé en cellule de dégrisement.

« Je peux venir le chercher ?

– Vu son état, j'attendrais demain matin si j'étais vous.

– J'arrive. »

Le flic soupire.

« Comme vous voulez. »

Jusqu'à quand ce voile jeté sur son cœur ?

Dans la salle d'attente déserte du commissariat, une fliquette la prie de patienter sur l'un des bancs. Dix minutes plus tard, elle le voit apparaître, encadré par deux policiers. Il est encore tellement saoul qu'il manque de tomber à chaque pas. Il lève la tête.

« T'en as pris du temps ! »

Sous les yeux consternés des flics, elle s'éloigne en le soutenant de son bras. Elle n'a pas fait deux cents mètres qu'il se redresse tout à coup, fou de rage.

« Si tu crois que je ne sais pas tout. Tu me trompes avec qui, salope ? Allez, dis-le ! »

Elle réalise qu'il est en plein bad trip et cherche à se dégager. Trop tard. Il la plaque au mur et se met hurler.

« Dis-le, putain ! »

Il se met à la rouer de coups.

« Espèce de sale pute !

– Arrête, bon sang ! Arrête ! »

Mais il est comme déchaîné et les coups pleuvent. Elle essaie tant bien que mal de protéger son visage, son ventre, mais plus elle cherche à le faire, plus il frappe fort, jusqu'à ce qu'une voix de femme l'interpelle depuis une fenêtre.

« Vous voulez que j'appelle les flics ? »

Il s'arrête aussitôt. Une voix d'homme prend le relais.

« Madame, tout va bien ? »

Dans la rue, il la fixe méchamment.

« Réponds ou t'es morte. »

Alice, paniquée, relève la tête.

« Ça va, ne vous inquiétez pas. »

La voix de la femme, au loin.

« Madame, il faut partir, vous savez ? Il faut quitter cet homme. »

Alice n'a pas le temps de lui répondre. Il la saisit par le poignet, la tire violemment.

« Avance maintenant. »

De retour chez eux, il ouvre grand la fenêtre du salon, puis s'allume une clope. Un court instant, elle espère qu'il va s'excuser. Il se tourne vers elle, plus venimeux que jamais.

« De toutes les façons, un jour ou l'autre je saurai. »

Elle l'observe en se demandant ce qui fait le plus mal : les coups qu'il vient de lui donner ou son regard empli de haine ? Elle part se coucher sans rien répondre, se recroqueville sous les draps en se touchant le ventre : tout doux, ce n'est rien, ne t'inquiète pas, tout va bien, maman est là, dors maintenant.

Le lendemain matin, il lui murmure qu'il ne recommencera plus.

« C'est de ta faute en même temps. Toute cette pression que tu me mets. J'y arrive plus, Alice. »

Elle le fixe, déroutée : « Quelle pression ?

– Tu vois, tu recommences ! Tu sais quoi, j'ai réfléchi, j'ai besoin de partir quelques jours pour m'aérer la tête. »

Partir alors qu'il l'a rouée de coups ? Elle le regarde, perdue, commencer à jeter ses affaires dans sa valise. Un seul mot de lui suffirait pourtant.

« Tu… tu reviens quand ?

– Alice, va vraiment falloir que tu voies un psy. Je n'en peux plus de ce flicage permanent.

– Mais…

– Laisse-moi souffler, putain ! »

Il faudrait lui parler de l'enfant, de l'alcool aussi, de son bad trip de la veille, de sa violence. Mais il traverse le salon et claque la porte sans même lui dire au revoir.

Et maintenant ?

Les montagnes fondent sous elle et les vallées se fendent.

Deux jours qu'elle n'est pas allée au boulot. Au téléphone, Berthet lui a chaudement recommandé d'aller voir un médecin. Anne-So, elle, lui a demandé d'une voix inquiète si tout allait bien.

« Oui, ne t'en fais pas… »

Tout à l'heure, dans la salle de bains, elle a eu si peur de découvrir la marque de ses coups dans le miroir qu'elle l'a recouvert d'un drap de bain. Comment affronter cela ? Et comment en parler à l'enfant dans son ventre ? Alice se traîne jusqu'à la chambre, enfile un jean, un pull, puis, à nouveau, s'allonge et s'endort, épuisée.

Il est plus de 15 heures quand elle rouvre les yeux. Ce sont les contractions qui l'ont réveillée. Celles, de plus en plus violentes, qui la tordent en deux de douleur. Elle jette un œil à son portable en espérant, une fois de plus, qu'il l'a appelée. Mais, à part dix appels de Magda Demir, rien. Il a honte sans doute. Cette seule pensée lui redonne un peu de force. Il a honte, oui, et il ne sait sans doute pas comment le lui dire. Une nouvelle contraction survient. Si puissante, celle-là. Elle se lève et file vers les toilettes. Une autre contraction. Elle baisse son jean, s'assied sur la cuvette, pousse de toutes ses forces. Ça vient. C'est gros. Énorme même. Ça tombe enfin ! Alice, trempée de sueur, reste un instant immobile. Une telle masse. Qu'est-ce que cela pouvait bien être ? Elle saisit une feuille de PQ, s'essuie, découvre une trace de sang dessus. Alors, elle se relève et jette un œil. Cette boule de chair sanguinolente, là, tout au fond de la cuvette. Elle la fixe, sidérée, se met à trembler. Non, c'est impossible, ce ne peut être… Elle secoue violemment la tête et tire d'un seul coup la chasse. Dans la cuvette, la petite boule de chair tourne, un instant, sur elle-même, avant d'être avalée par les volutes d'eau. Alice reste un long moment à fixer l'eau transparente et claire. Qu'a-t-elle fait ? Parce que c'était lui. Elle en est certaine à présent. Lui, qui d'autre ? Son tout petit pour la troisième fois. Elle recule, puis court vers la chambre et saisit son téléphone. Vite, il doit venir. Comment rester seule après l'avoir fait disparaître comme ça ? Seulement rien. Il ne répond pas. Qui, alors ? Elle compose un numéro en tremblant.

« Anne-So ? »

Chapitre 24

À la vue des deux gros hématomes sur son ventre, la gynéco jette un œil dubitatif à Alice.

« Vous êtes tombée, dites-vous ? »

Alice, gênée, détourne les yeux vers Anne-So, qui, à la vue des deux bleus, s'est littéralement figée.

« Oui.

– Mais comment ?

– J'ai glissé et, en voulant me rattraper à la chaise, je suis tombée sur elle… enfin, avec elle… sur le sol, vous voyez ? »

La gynéco reste, un moment, silencieuse. Alice saisit la main d'Anne-So.

« Je te jure, ça s'est passé comme ça. »

Anne-So, livide, hoche doucement la tête. Alice voit bien qu'elle ne croit pas un traître mot de son histoire. Elle n'aurait jamais dû accepter de la suivre jusqu'ici.

Tout en l'examinant, la médecin lui explique que « tout ce qui reste » devrait partir de façon naturelle au cours des prochaines semaines. Qu'elle va, toutefois, devoir lui donner un autre rendez-vous et procéder à divers examens pour s'assurer que tout aille bien. Qu'Alice ne doit pas s'en vouloir. Son corps a, sans aucun doute, détecté un problème.

« La vie est un processus si complexe. »

Anne-So, à la sortie du cabinet, lui saisit les poignets sans la lâcher des yeux.

« Alice, réponds-moi. Il te bat, oui ou non ? »

Mais comment lui dire la vérité sans que tout l'édifice s'écroule.

« Alice ! »

Il avait tellement bu, en plus. Il n'était pas dans son état normal.

« Tu as perdu ton bébé. C'est grave, c'est très grave même, tu entends ? »

Ces larmes qui montent.

« Il n'a rien fait. Je te jure. »

Cela ne peut pas être. Ou alors…

« Tu es vraiment tombée ? »

Elle a tant sacrifié.

« Oui.

– Tu me le jures, ça aussi ? »

Cette amertume comme un goût de métal sur la langue.

« De toutes les façons, ils partent même quand je ne tombe pas. »

Ce flot de larmes.

« Alice, regarde-moi... »

Elle voudrait hurler, elle n'y arrive pas.

« Il ne savait même pas !

– Alice….

– Merde, qui a tiré la chasse, lui, peut-être ? »
Stupeur d'Anne-So.
« Mais cela n'a rien à voir
– Le monstre, c'est pas lui, c'est moi ! »

Réveille-toi ! Réveille-toi !
Secoue ta poussière, debout !

Alice coupée de l'enfant. Alice coupée du corps. Alice coupée d'Ida. Tout allait si bien pourtant. Est-ce parce qu'elle n'a pas fait les prières que lui avait recommandées Anne-So ? Parce qu'elle n'a pas allumé des cierges dans l'église ? Pourquoi la choisir elle ? Pourquoi pas une autre qui n'a jamais fait de fausse couche ? Pourquoi cet acharnement ? Elle l'aimait déjà si fort, cet enfant. Pourquoi une telle injustice ? N'a-t-elle pas tout sacrifié pour lui ? Pourquoi un tel châtiment ?

*

Rêve.

Alice marche sur un sol qui s'amollit au fur et à mesure qu'elle avance. Bientôt ses pieds s'enfoncent et tout son corps. Elle se retrouve dans l'eau épaisse et noire de la rivière aux mangroves. De la vase entre dans sa bouche. Ses cheveux flottent. Lourds. Elle continue de sombrer quand, tout au fond, elle découvre la petite fille du centre, allongée sur le sol, les yeux fermés. Est-elle morte comme son enfant ? Elle s'approche, voit sa poitrine se soulever.

Que fait-elle là à dormir ? Ne va-t-elle pas se noyer ? Alice cherche à la réveiller. Rien n'y fait. Elle va pour la secouer quand, soudain, ce n'est plus la petite fille, mais elle, Alice, en train de dormir. Elle recule, estomaquée. Elle se retrouve au milieu d'un champ d'avoine face à une foule de gens parmi lesquels elle reconnaît saint Martin, sainte Geneviève, sainte Radegonde, les quatre pères jésuites, Rosalie, Ida l'ermite, le père Sontag et même Mme Élisabeth… Que font-ils là ? Et pourquoi lui crient-ils de se dépêcher ? Pour faire quoi ? Elle aimerait tant leur parler de l'enfant. Comprendre pourquoi cela est arrivé. Ils la regardent avec tristesse.

« Non, Alice, ce n'est pas le moment. »

Comment ça, pas le moment ? Ils y étaient peut-être, eux, devant la cuvette ?

« Si tu meurs, tu engloutis tout. Si tu te redresses, tu sauves tout. »

Cette voix ! Alice fixe sa vieille nourrice, bouleversée.

« Ida ? »

Mais sa nourrice a déjà fait volte-face. Alice s'élance pour la rattraper. Elle a tant de choses à lui dire. Seulement tous, à cet instant, font barrage de leur corps.

« Existe ! »

Elle les regarde sans comprendre, prend à nouveau son élan. Cette fois, ils la repoussent si fort qu'elle tombe dans le vide en poussant un cri.

Dans la chambre, Alice se réveille en sursaut. C'était quoi, ce rêve ? Une lumière l'éblouit. Elle tourne la tête et le découvre, debout, dans l'encadrement de la porte. Il s'approche d'elle, en titubant.

« C'est quoi, ce foutoir ? C'est comme ça que tu m'attends ? »

Cette petite fille dans ce rêve, cet ordre, « Existe ! », qu'ils lui ont tous hurlé, Ida, ses mots…

« Oh, tu m'écoutes ? »

Cette peur en elle qu'il la frappe à nouveau. Cette honte si grande d'en être arrivée là. Elle baisse les yeux sans lui répondre. Alors, il se déshabille et, comme si de rien était, il vient se coucher contre elle.

À toi dont la main a fondé la terre et la droite a étendu les cieux
Elle crie : « Ce n'est pour rien que je me suis fatiguée !
Pour du néant, j'ai consumé mes forces. »

Les jours passent, il ne s'excuse toujours pas. Pire. Il boit de plus en plus. Cette usure en elle. Parfois, elle voudrait tout lui balancer. Son alcool. Les coups. La perte de l'enfant. Mais où aller si elle le quitte ? Et comment avouer l'impensable ? Tant qu'elle ne dit rien, cela n'existe pas.

Ce matin, au téléphone, Berthet a perdu patience.

« Moi aussi, Alice, j'ai mes problèmes, et là, sans vous pour m'aider, c'est un cauchemar. Sans parler de cette Magda Demir qui m'appelle cent fois par jour. Elle tient absolument à vous revoir. C'est au sujet de cette petite fille… Il paraît que vous avez fait un miracle.

– Qu'est-ce qu'elle veut ?

– Elle dit qu'Ida Leyrat lui avait parlé de vous et que vous allez sauver le monde.

– Que, moi, j'allais sauver le monde ?
– Ce sont ses mots, Alice.
– Mais…
– Une folle à lier, nous sommes d'accord, mais là n'est pas la question : quel jour revenez-vous ? »

Ce rêve si étrange qu'elle a fait, ce bébé disparu, les allégations de Magda… Dans l'appartement, Alice tourne en rond et, à force, elle étouffe. Alors oui, sortir. Dévaler l'escalier. Ne serait-ce que pour arrêter de ressasser. De toute manière, même lui, dans le salon, le gueule, elle ne peut pas continuer comme ça.

Chapitre 25

Depuis son retour au bureau, Berthet et Anne-So ne la lâchent plus d'une semelle. Quand l'un ne cesse de lui réclamer des dossiers, de lui dicter des courriers ou encore de lui faire répéter la cérémonie de béatification des cinq pères, l'autre n'arrête pas de prendre de ses nouvelles, de lui proposer des cafés. Chaque fois, Alice accepte, silencieuse. Tout reste si triste, cependant. À la maison, il ne s'est toujours pas excusé et il boit de plus en plus. Même l'oiseau, sur le pont, ne parvient plus à la consoler.

« Alice, mon petit, vous pouvez me suivre dans mon bureau. Je viens de recevoir un mail bizarre et je souhaiterais avoir une explication. »

Intriguée, Alice le suit jusqu'à son ordinateur, où, anéantie, elle reconnaît aussitôt son adresse en découvrant le message : « Espèce de gros porc, tout transpire, si tu crois que je ne vois pas ton petit jeu, je sais exactement ce que tu fais avec Alice, fumier ! » Berthet, impassible, se tourne vers elle.

« Vous connaissez la personne qui m'a envoyé ça ? »

Effondrée, Alice baisse les yeux sans plus oser le regarder.

« Je... je suis désolée… il… je vais lui dire d'arrêter. »

Berthet la considère avec gravité.

« Alice, je vous apprécie beaucoup et tout le monde, ici. Vous pouvez me parler, vous savez ? »

Des larmes coulent.

« Je... je suis tellement désolée. Je vais lui dire, je vous le jure. »

Berthet lui tend un kleenex.

« Il va surtout falloir ne plus le fréquenter, Alice. »

Elle baisse, à nouveau, la tête sans rien répondre. La voix de Berthet se fait étrangement plus ferme.

« Savez-vous pourquoi Satan veut la destruction de l'homme et du monde ? »

A-t-elle bien entendu ? Berthet plonge ses yeux dans les siens.

« Par fol amour de Dieu. »

Il laisse passer un silence.

« Le pire ennemi de l'Amour, c'est l'Amour lui-même, Alice. »

Elle reste à le regarder sans lui répondre. Il détourne la tête.

« Partir, en même temps, vous fera du bien… »

Le cœur d'Alice se serre.

« Partir ? »

Berthet relève les yeux vers elle.

« Lundi prochain, oui, trois jours. »

Trois jours ?!

« Je… comment ça ? Mais où ?

– D'abord à Toulon, où vous jouerez les notaires pour la cause de la petite Anne-Gabrielle Caron, puis dans les environs de Grenoble pour vérifier qu'il n'y ait aucun culte indu sur la tombe de Jeanne Garnier. »

En la voyant pâlir, Berthet lâche un soupir.

« Oui, je sais.... Pourquoi dépanner le diocèse de Toulon sous le coup, en ce moment même, d'une enquête apostolique ? Pour être franc, j'ai longuement hésité, mais il se trouve qu'une certaine madame Brulhe, embauchée il y a peu là-bas, m'a rendu un énorme service en dactylographiant les six cent quarante-sept pages de mon prochain ouvrage sur les hymnes de saint Siméon le Théologien. Elle était au désespoir de ne trouver personne. J'ai fini par céder. J'espère que vous ne m'en voulez pas ?

– Ce n'est pas ça, mais...

– Par ailleurs, le cas de cette petite Anne-Gabrielle m'intéresse vivement. Une servante de Dieu âgée de seulement huit ans, c'est un fait rarissime. »

Sentant Alice toujours aussi réticente :

« Croyez-moi, Alice, les saints poussent partout : au bordel comme chez les tradis. Et puis, il ne s'agit que d'un seul témoignage.

– J'entends, mais je ne sais pas si...

– Soyez sans crainte, c'est Mme Grout qui s'occupe de prendre vos billets et de réserver vos chambres d'hôtel. Et pour tout le reste, vous serez défrayée, bien sûr. »

D'un regard entendu, il lui tend la main sans lui laisser le temps de répondre.

« Je suis certain que ce bol d'air vous fera le plus grand bien, Alice. »

De retour à la maison, contre tout attente, il reconnaît avoir « complètement déconné » en envoyant ce mail à Berthet, lui promet qu'il ne recommencera pas. Ces derniers temps, il va si mal aussi. Il ne se passe plus un jour sans qu'il pense au suicide. Alice tressaille.

« Comment ça, au suicide ? »

Il la fixe, perdu.

« Tu n'imagines pas comme je t'aime, Alice. Alors, oui, parfois, pour supporter ta désinvolture, pour surmonter ton indifférence, je bois et, du coup, je dérape. »

Cette glace qui, d'un coup, fond en elle.

« Je t'aime si fort pourtant. »

Il la fixe, ombrageux.

« Depuis que je suis revenu, je te parle, tu me calcules pas, je mange, tu me calcules pas. À peine si tu fais la bouffe et le ménage. Même les travaux, t'as arrêté… »

Tout lui balancer, là, maintenant ? La perte de l'enfant, ses coups, ce rêve aussi qui, chaque jour, l'obsède un peu plus… Seulement par où commencer ? Elle a si peur que tout recommence. Son corps ne le supporterait pas. Il approche son visage à deux centimètres du sien.

« Je te dis que tu me calcules pas et tu dis rien ?

– Mais non, ce n'est pas… »

Il donne un grand coup contre le mur.

« Si tu pars, je te jure, je me pends ! »

Malheur aux méchants et aux abominables
Car, au jour de la colère,
Le feu, le soufre et le vent de tempête seront leur part

Trois jours qu'elle ne parvient pas à lui annoncer son départ. Soit, il est trop énervé, soit elle n'en a pas la force. L'enfant lui manque si fort. Même lorsque sa sœur, sa mère ou Magda l'appellent, elle ne trouve pas le courage d'écouter leur message. Avec la chasse d'eau, tout d'elle semble être parti. C'est d'ailleurs sans doute cela qui le rend fou. De croiser ce vide au fond de ses yeux. Ce vide dont elle aimerait tant pouvoir se débarrasser. N'est-il pas temps de tourner la page ? À cause d'elle, il est si malheureux.

Hier, en pensant entrer dans le bureau de Mme Grout, quelle n'a pas été sa stupeur de se retrouver dans cette chapelle face à monseigneur Thiéret en train d'officier, tout seul, à l'autel.

« Ça alors, Alice ! Vous tombez on ne peut mieux. Je m'apprêtais à répéter mon sermon. »

Son sermon ?

« Ne vous inquiétez pas, je serai bref.

– C'est que je…

– Je voudrais tellement avoir votre avis. C'est sur la fin du Livre de Job. Je peux commencer ? »

Après ce qu'il a fait pour elle, comment refuser ?

« Formidable ! »

Il s'éclaircit la voix, embrasse toute la chapelle du regard.

« Chers frères et sœurs. Face aux calamités qui s'abattent sur notre monde, épidémies, guerres, révoltes, catastrophes naturelles, pollution et, plus récemment, tous ces pauvres enfants qui, si mystérieusement, s'endorment, la colère monte vis-à-vis de Dieu. Puisqu'il est tout-puissant, pourquoi n'agit-il pas pour nous sauver, nous, ses créatures ? Qu'avons-nous fait pour mériter une telle indifférence ? »

Thiéret reprend en fixant, cette fois, Alice.

« Frappé par tous les malheurs du monde, Job se pose peu ou prou les mêmes questions. Tout au long de son livre, il s'afflige, il crie, il hurle même sa douleur sans jamais, toutefois, rompre son lien avec Dieu. Or, tout au bout de sa nuit, que va découvrir Job ? Que, depuis le tout début, il commet une énorme erreur. Laquelle ? D'être convaincu que la somme de ses malheurs ne peut qu'être la conséquence logique, voire mécanique, de quelques actions mauvaises qu'il aurait faites. De s'en penser, du même coup, seul responsable, pire même, seul coupable. La belle méprise. C'est oublier combien le mal est aussi mystérieux que la lumière. Oublier – n'en déplaise à la plupart des chrétiens – qu'en face de Dieu se dresse le monde des ténèbres. Oublier, oui, que, au-dessus de nos têtes, se joue, en ce moment même et de toute éternité, un combat cosmique effroyable entre les forces de la lumière et celles de l'obscurité. Et alors, me direz-vous ? N'étant ni des anges ni des êtres célestes, en quoi ce combat nous concerne-t-il, n'est-ce pas ce que vous vous demandez, Alice ? »

Alice, sur sa chaise, frémit. Thiéret, pris dans son élan, prend cela pour un oui et poursuit.

« La question est folle. Elle est, pourtant, essentielle. Car si, d'un côté, ce combat se joue effectivement loin de nous, l'homme y a, cependant, toute sa part et c'est ce que va découvrir Job. Comment ? En prenant tout simplement conscience de ce combat. Tel est le rôle de l'homme. Telle est sa responsabilité. Pourquoi, me direz-vous ? Parce que ce n'est qu'à partir du moment où l'homme voit les forces des ténèbres à l'œuvre qu'il réalise combien les forces de la lumière le sont, elles aussi. Oui, Dieu, aujourd'hui même et en tout temps, livre un combat acharné contre ces forces des ténèbres. À chaque seconde Il agit donc, pour nous, les hommes, et pour tout le cosmos. *Par ouï-dire je Te connaissais*, conclut Job, *mais maintenant mon œil T'a vu.* Quels changements opère ce nouveau regard de Job sur le monde : *J'ai parlé sans comprendre, de merveilles qui me dépassent et que j'ignore… voilà pourquoi je fonds en larmes et me repens sur la poussière et la cendre.* Quelle conclusion tirer de cela ? Que plus nous oblitérons la réalité de ce combat, moins nous prêtons de puissance au monde des ténèbres et plus nous nous retrouvons happés, dévorés par celles-ci. Que plus nous nous refusons à y croire, plus nous nous rendons coupables de tous les malheurs du monde au point de devenir de véritables boules noires de haine et de colère. Que plus cette culpabilité grandit, moins nous sommes capables de voir la beauté du monde. Alors viendra le jour où nous serons si désespérés par le mal qui nous environne que nous ne pourrons plus accueillir la moindre parcelle de divinité en nous. C'est pourquoi, en ces temps si troublés, il ne nous faut surtout pas baisser la garde et, au côté de Dieu, oser combattre les ténèbres. Comment ?

En rejoignant la position des justes et celles de tous les saints qui, quoi qu'il advienne et dans la nuit la plus obscure, se maintiennent, tel Job, dans la lumière. En rejoignant, oui, cet état de resplendissement et d'abandon. Le *tout est grâce* de la petite Thérèse. Cet état d'impassibilité qui ne réagit plus aux tribulations du monde, pas plus à ses secousses. En devenant des pacificateurs. Des doux. Des êtres hors monde depuis le cœur du monde. Vous me suivez, Alice ? »

Elle hoche la tête, très impressionnée. Il reprend.

« Les justes, les saints sont la brèche par laquelle la force de l'Esprit restaure tout. Ils sont la vision claire par laquelle l'œil voit, d'un côté, le travail de sape des ténèbres, mais de l'autre, celui, colossal de la lumière. Ils concilient l'impensable, soit le tragique et le sublime. Ils sont unis et distincts. Obéissants et libres. Totalement déliés et totalement reliés. Ils sont les corps transcendants qui résistent à toute nuit. Ils sont la joie, Alice. La paix du monde. La folie de Dieu et de l'homme réunie en un. »

Demain, elle part à l'aube et elle ne lui a toujours rien dit. Elle ne peut plus reculer. À table, au moment du dessert, elle lui crache le morceau. Il la regarde, sidéré.

« Tu le sais depuis combien de temps ? »

Elle hésite.

« Depuis combien de temps, Alice ?

– … Une semaine. »

Il secoue la tête, dégoûté.

« Tu le savais depuis tout ce temps et tu ne m'as rien dit ?

– …

– Tu veux être tranquille avec ton curé, c'est ça, hein ?

– Mais non…

– Alors pourquoi tu me mets devant le fait accompli ? »

Il saisit un verre, il le fracasse sur le sol.

« Pourquoi, Alice ? »

Cette sidération en elle. Elle n'ose plus faire un geste. Il en fracasse un deuxième. Ils s'aimaient tant.

« Je… je ne savais pas comment te le dire. Je ne voulais pas… »

Il ramasse un morceau de verre, le brandit, menaçant, sur elle.

« Un jour, si ça continue, je te tuerai. »

Chapitre 26

Par la fenêtre du TGV, défilé d'arbres, d'éclaboussures et d'ombres. Monde hypnotique. Quasi irréel. Via le haut-parleur, le conducteur annonce une vitesse de pointe de trois cent vingt kilomètres à l'heure. Alice voudrait se laisser porter, *ad vitam aeternam*, le front collé à la vitre. Ne plus jamais avoir de choix à faire, de réponses à donner. Juste elle et le train l'emportant à toute allure. Dans une glissade sans fin. Vertigineuse.

Ce matin, il n'a même pas daigné la saluer. Elle aurait dû le prévenir plus tôt, l'aviser, depuis longtemps, de tout le reste. Jour après jour, tant de non-dits qui s'accumulent.

Jusqu'au dernier moment, Alice a tout essayé pour faire changer d'avis Berthet, allant même jusqu'à supplier Anne-So de parler en sa faveur.

« Alors, là, non, Alice. »

Cette dureté dans sa voix.

« Mais enfin… pourquoi ? »

Le visage d'Anne-So s'était fermé.

« Parce que cette relation n'est plus possible, Alice.

– De quoi est-ce que…

– Arrête tout. C'est un ordre. »

Alice l'avait fixée, les yeux écarquillés. Comment ça, un ordre ? Elle déraillait ou quoi ? Et puis de quel droit. Comme si, avec ses prières à deux balles et son mari qui n'était jamais là, elle avait la moindre idée de ce qu'elle vivait.

« Alice, attends, tu t'en vas où comme ça ? Alice, bon sang ! »

Jour de nuées et de brouillards
Ses ennemis ont encerclé son âme

*

Dans la petite salle attenante à l'église, Alice, extrêmement intimidée, prend place aux côtés du délégué épiscopal et du promoteur de justice de la cause de la petite Anne-Gabrielle Caron, quand la porte s'ouvre sur la témoin.

« Radieuse ». C'est l'adjectif qui revient en boucle dans la bouche de cette jeune femme, une amie proche de la famille. « Radieuse ». « Stupéfiante de lumière ». « D'un sourire à couper le souffle, même au plus haut de son supplice ». Oui, voilà comment, jusqu'au bout, la petite Anne-Gabrielle s'est comportée ou plutôt, reprend-elle, s'est maintenue face aux atroces douleurs que lui causait son cancer des os. Présentant, dès que cela lui était possible, un visage plein d'amour à son père, sa mère, ses frères et sœurs. Du haut de ses huit ans, elle est même allée jusqu'à offrir sa souffrance à Dieu, Lui demander de prendre sur elle celle de tous les malades de l'hôpital :

« Je souffre si fort, autant emporter la souffrance de tous les autres. »

Peu de temps avant sa mort, la douleur avait atteint un tel degré que même les plus fortes doses de morphine n'agissaient plus. Pourtant, lorsque Anne-Gabrielle revenait à elle entre deux râles, c'était pour s'assurer d'avoir bien pardonné à tous ceux qu'elle avait connus, espérer l'être, elle-même, de Dieu, « dans la mesure du possible. »

« Même lorsque la peur de la mort la saisissait, elle n'était qu'attention et sourire pour son entourage ».

Un jour, alors qu'elle rendait visite à Anne-Gabrielle, cette femme se souvient l'avoir entendue déclarer : « Quand je vois le Christ, j'ai l'impression qu'Il nous dit : "Moi, je vous comble de grâces, et vous, vous m'humiliez." »

« J'étais proprement estomaquée. D'où lui venait un tel vocabulaire et, surtout, une telle maturité spirituelle ? »

Un autre jour, proche de la fin, alors qu'Anne-Gabrielle entendait les adultes se disputer dans une pièce voisine, elle les interrompit d'une voix forte : « Je ne suis pas venue pour écouter cela ! »

« Dans ce milieu, pourtant, il n'est pas toléré qu'une enfant de huit ans reprenne un adulte. Là, cependant, c'était différent. Avec elle, tout l'était. Vous auriez vu son sourire… »

À l'accueil de l'hôtel, le jeune réceptionniste, gêné, lui tend un papier :

« C'est un message pour vous. »

Alice, étonnée, le saisit. « Dites à la salope qu'elle s'éclate bien avec son curé ce soir. » Elle relève les yeux, mortifiée. Le jeune homme, tout aussi mortifié, lui tend sa clef.

« Bon, eh ben, bonne nuit… »

Sur le chemin qui la conduit à l'ascenseur, Alice réalise que son téléphone est déchargé. En pénétrant dans sa chambre, elle ouvre aussitôt sa valise à la recherche de son chargeur, en vain. Comment a-t-elle pu l'oublier ? Elle se tourne vers le téléphone fixe, compose, tremblante, son numéro. Il finit par décrocher. D'une voix aussi ferme que possible, Alice lui demande ce qui lui a pris de lui faire passer un tel message :

« Tu sais très bien que je suis partie toute seule, tu n'as d'ailleurs qu'à ...

– Arrête de m'embrouiller, je sais qu'il est à côté de toi.

– Mais puisque je te dis que non. Appelle le bureau, si tu ne me crois pas !

– On verra ça à ton retour. »

Alice, lasse, reste un long moment à écouter le bip du combiné qu'elle tient dans sa main.

Elle repense à l'amour de cette petite Anne-Gabrielle, à l'étreinte de cette autre gamine, au centre, à cet ordre dans son rêve : « Existe ! », à l'étrangeté de la vie qui a voulu que, en un temps si rapproché et si troublé pour elle, elle se retrouve reliée à ces deux petites filles. À quelle fin ? Le bip prolongé du combiné la fait revenir au réel. Elle raccroche, étrangement soulagée. Il ne veut plus lui parler jusqu'à son retour ? Parfait. Elle ne lui parlera plus. Mue par une soudaine énergie, elle descend au bar de l'hôtel, commande un Martini Dry, puis un deuxième…

Vers minuit, elle remonte, légèrement ivre, allume la télé et sélectionne la chaîne musique. Cette chape de plomb qui l'écrasait depuis sa fausse couche et qu'elle ne ressent plus. Quelque chose s'ouvre, à nouveau, en elle. Quelque chose d'immense, venu du fin fond de son être. Pieds nus sur le lit, elle écarte les bras. La danse, aussitôt, la reprend. Elle tourne, elle vrille sur elle-même. Elle, Alice. Monde. Royauté du monde. Exaltée, elle tourne encore et encore jusqu'à atteindre l'œil de l'oiseau. Lac, Pluie, Terre-Dieu. De tout son corps y plonge. Barattant de ses bras le ciel, toutes les douleurs du monde. Celles d'Anne-Gabrielle, de la gamine du centre et de tous ces gosses qui, par milliers, s'endorment. Les mêlant au rire d'Ida, à son feu, celui de tous les saints.

Revêts-toi de ta force ! Revêts-toi de tes plus beaux habits !
Dégage ton cou de tes liens, captive !

Aujourd'hui, le ciel est d'un bleu éclatant. De grands arbres dénudés bordent l'allée centrale du petit cimetière lyonnais qu'Alice vient d'atteindre après trois heures de train, vingt minutes de tram, vingt autres en bus. Valise en main, elle atteint la tombe de Jeanne Garnier avec plus de trente minutes d'avance. En attendant l'arrivée des deux officiers d'enquête, Alice en profite pour réviser la fiche que lui a passée Berthet.

Après un mariage heureux à dix-neuf ans, Jeanne perd successivement ses deux enfants et son mari à l'âge de vingt-quatre ans. Après une longue période de désespoir, où elle est assaillie par des idées suicidaires, elle reprend vie en rendant visite à une femme misérable que personne n'approche plus tant les plaies de son visage sont repoussantes.

Dès lors, Jeanne va tout faire pour s'occuper de ces femmes « cancérées ». Grâce à l'appui de son évêque, elle parvient à acheter un local pour recevoir et soigner jusqu'à leur mort ces « incurables rejetés par toute la société ».

Morte à quarante-deux ans, Jeanne Garnier n'aura pas le temps de voir son idée essaimer dans toute la France et à travers le monde. Elle est considérée comme la pionnière mondiale des soins palliatifs.

« Alice Fogère ? »

Happée par sa lecture, elle n'a pas vu arriver les deux officiers d'enquête, deux prêtres, la cinquantaine. Elle se lève d'un bond.

« C'est moi, oui, pardon. »

Le premier lui tend la main, tout sourire.

« Vous ne nous attendez pas depuis trop longtemps, j'espère.

– Je viens tout juste d'arriver.

– Parfait. Eh bien, allons-y. De toute façon, ce ne sera pas long. »

Avec une certaine solennité, tous trois prêtent serment devant la tombe avant d'en faire le tour à la recherche du moindre indice de culte. Après un examen minutieux, ils reconnaissent ne pas en avoir trouvé et, voilà, c'est terminé, tous se quittent. Alice n'a plus qu'à reprendre son bus, son tram et enfin le métro pour atteindre son hôtel. Un tel déploiement d'énergie pour si peu, elle n'en revient pas. Et pourtant, au moindre signe d'un culte, la cause aurait été arrêtée.

« Tenez-vous heureuse de n'avoir pas eu à assister à une exhumation de corps en vue d'un prélèvement de reliques. »

Alice manque de s'étrangler.

« Parce que cela se fait encore ?

– Absolument. Il y a dix mois, j'ai été convoqué pour un moine considéré comme bienheureux. Après avoir obtenu l'aval du commissaire de police, ils ont ouvert son cercueil devant moi et prélevé une mèche de ses cheveux, trois boutons de sa soutane, ainsi que la phalange de sa main droite, qu'ils ont placés dans trois bocaux différents. »

À la réception de son hôtel, aucun message et tant mieux. Tous ces trajets l'ont épuisée et si, demain, elle veut être sûre d'avoir son train à l'heure, elle va devoir se lever très tôt. À peine allongée, elle éteint la lumière.

*

Dieu.

Jeanne gravit les marches du taudis, le cœur battant. Tout pue si fort, ici. N'est-elle pas folle d'écouter cette voix ? Elle s'arrête, un instant, part d'un rire nerveux. Folle, résolument, elle l'est. Ses deux enfants et son mari sont morts si vite. Depuis, elle se rend chaque jour au cimetière, reste, des heures, hagarde, devant leurs tombes.

Dieu.

Une voisine, dans la rue, lui a parlé de cette femme rongée par la maladie et qui n'est pas sortie de sa chambre depuis des mois.

Dieu.

Cette voix en elle. « Va la voir. » Ce murmure. Ce souffle. Dans la rue, elle hésite. Le quartier est mal famé. Et elle, si jeune, dans sa robe de belle étoffe noire.

Dieu.

Jeanne, tête baissée, traverse le dédale des ruelles pleines de pisse et de merde. C'est ici, dans cet immeuble croulant. De toute façon, qu'a-t-elle à y perdre ? Ils sont tous morts. Elle n'a plus rien.

Dieu.

Elle atteint le sixième étage. La porte est entrouverte. Elle entre. En face, sur une chaise, une silhouette recroquevillée sur elle-même qui ne bouge pas. Tout autour, un désordre et une saleté indescriptibles. Jeanne s'approche en portant un mouchoir à son nez. La femme ne bouge toujours pas. Serait-elle morte ? Jeanne se penche. Et là, horreur ! Son visage ravagé par de larges plaies gorgées de pus.

Dieu.

La femme ne fait pas un geste. Elle est en vie pourtant. Mais si abandonnée de tous et depuis si longtemps.

Jeanne court à présent. Dans la chambre, dans la ville, elle court, oubliant les trois petites tombes et son malheur. Vingt fois elle gravit les six étages, balayant tout, nettoyant tout, jusqu'à ce visage pourri de lèpre qui ne dit toujours mot et qui la regarde fixement.

Dieu.

Voilà. La petite chambre est propre. Jeanne a même acheté des fleurs. Elle vient de nourrir la femme. De panser son pauvre visage. Elle s'apprête à partir, lui murmure un au revoir quand soudain ces larmes dans les yeux de la femme, ce merci qu'elle lui souffle.

Dieu !

Demain et après-demain, Jeanne reviendra la voir, puis toutes celles dont on lui parlera. Cette ouvrière mordue au visage par un chien. Cette institutrice tailladée au visage au couteau par son homme. Toutes. Elle ira les voir et les ramènera, toutes, chez elle. Et quand il n'y aura plus assez de place, dans un lieu plus grand qu'elle se débrouillera pour trouver ailleurs afin de toutes les nourrir, toutes les soigner, toutes les aimer.

Dieu.

Ô si mystérieuse fécondité de l'obéissance. Ô joie.

*

Le lendemain, rien ne se passe comme prévu. Suite à un préavis de grève déposé à la dernière minute, la plupart des trains sont annulés et, lorsque l'un arrive à quai, c'est la bagarre pour y accéder. Après de longues heures d'attente, Alice parvient à monter dans le TGV de 16 h 24.

Son train n'est pas parti depuis trente minutes que, soudain, des dizaines de téléphones bipent dans le wagon. Les voyageurs se mettent à regarder leurs écrans en poussant des exclamations de désarroi et de stupeur. Alice se rapproche de son voisin.

« Mon téléphone est déchargé. Pouvez-vous me dire ce qu'il se passe, s'il vous plaît ? »

Le type, livide, tend son portable à Alice :

Partout dans le monde, des centaines de milliers d'enfants se sont brusquement endormis à 16 heures, heure française, dans des rues, dans des écoles, dans des hôpitaux. Et pas seulement des enfants de migrants ! L'ONU vient de décréter l'état d'urgence. Les médecins réclament que tous les enfants portent des masques et ne sortent plus de chez eux.

Une femme dans le wagon se met à crier, hystérique : « J'ai deux petits. La directrice de l'école ne décroche pas ! »

Des gens essaient tant bien que mal de la rassurer. Tous tentent d'appeler un proche pour avoir des nouvelles d'un neveu, d'une nièce, d'un petit cousin. Certains pleurent en silence. D'autres paniquent ou se révoltent.

À Paris, l'ambiance est tout aussi électrique. Sur le quai, deux hommes en viennent aux mains. Alice, tête dans son pull, s'engouffre dans le métro. Elle a un tel retard. La nuit est déjà tombée. Que va-t-il penser ?

Elle atteint enfin leur immeuble, pousse la lourde porte cochère. Après ces trois jours passés loin de lui, elle se sent mieux. Lui aussi, sans aucun doute. Ne lui a-t-il pas demandé d'attendre son retour pour se parler ? Paris est si anxiogène et l'appartement si petit. Ils vont enfin pouvoir tout se dire à tête reposée. Se consoler aussi. Après ces épreuves et ces nouvelles si inquiétantes, ils en ont tant besoin.

Alice gravit en courant les six étages et s'empresse d'ouvrir la porte. Elle a si hâte tout à coup. À la vue d'Émilie lovée dans ses bras sur le canapé, elle se pétrifie sur place. Que fait-elle là ? Et dans cette robe si sexy ? Il se tourne vers elle, radieux.

« Champagne, Alice, j'ai enfin trouvé un boulot. »

Elle reste à le dévisager sans lui répondre. Il lève sa coupe vers elle.

« Émilie m'embauche. Elle devient ma patronne. »

Ce regard qu'ils s'échangent tous les deux… Qu'est-ce que…

« À la tienne, ma chérie. À ton retour. »

Se peut-il qu'ils…

« Ben quoi, t'es pas contente ? Viens fêter la nouvelle avec nous.

– Nous ? »

Ils s'esclaffent tous les deux.

« Ben oui, nous. Qui veux-tu d'autre, hein, Émilie ? »

Nouveau fou rire, presque méchant celui-là. Pour Alice, c'est la goutte d'eau.

« OK, ça suffit ! »

Il la fixe, interloqué.

« C'est moi ou c'est elle. Elle s'en va immédiatement. »

Il va pour lui répondre, Émilie l'arrête d'un geste.

« Attendez, vous êtes gentils, mais vos disputes de couple, c'est sans moi. »

Fusillant Alice du regard, elle se lève, attrape son manteau, ouvre la porte, quand, mue par une soudaine idée, elle se tourne vers lui, tout sourire.

« Au fait, j'ai croisé tes parents hier. Tu ne m'avais pas dit qu'ils étaient partis une semaine à Ibiza. Comme d'hab', ils nous attendent pour déjeuner samedi prochain. Tu n'oublies pas, hein ? »

Alice le voit se figer dans le canapé. Sans même attendre sa réponse, Émilie claque la porte, triomphale. Dans le petit appartement, le silence revient. Lourd. Très lourd. Ce froid qui s'engouffre en elle.

« Tu m'expliques ? »

Il détourne la tête.

« Je… oui… enfin… c'est compliqué…

– Tous les samedis ?

– Non, enfin si… Attends, tu fais quoi, là ?

– Je vais chercher mon chargeur et je m'en vais. »

Il la suit dans la chambre.

« Comment ça, tu t'en vas ? »

Sans même daigner lui répondre, elle saisit son chargeur, repart vers le salon, prend son sac, le jette dedans.

« Alice, laisse-moi t'expliquer, putain… »

Elle se dirige vers la porte d'entrée.

« Pour mes parents, je te jure, je voulais te le dire. Et puis, on a juste déjeuné deux fois avec eux. Alice, tu vas où, putain ! Alice ! »

Monologue 5

Qu'est-ce qui m'a pris de ne pas voir qu'il me mentait de bout en bout ? Qu'il les voyait, ses parents. Qu'il déjeunait même régulièrement avec eux. Et pendant qu'il me réclamait de faire des courses, qu'il appelait Émilie. Qu'il l'embrassait même, qu'il… ! Qu'est-ce qui m'a pris durant toutes ces années, de n'avoir rien suspecté ? Rien soupçonné ? Une telle somme de mensonges ! D'y avoir consenti avec une telle foi ? Cette honte à présent qui déborde. Cette glace partout qui s'insinue. Une imposture pareille. Comment se relever de ça ? Pieds nus. Je veux marcher pieds nus. Je l'aimais tant. Je me déchausse dans le hall d'entrée, traverse la première rue, puis une deuxième, puis une troisième, sans regarder. Qu'une voiture m'écrase, qu'on en finisse. Nous nous aimions si fort. Des gens m'arrêtent pour me demander si ça va, si c'est à cause des enfants, à cause du mien qui s'est endormi ? Je passe mon chemin sans leur répondre. Une telle hauteur d'artifice. Il ne reste plus rien. Crissement de pneus. Insultes d'un motard. Il m'a menti et je l'ai cru.

Pieds nus. Je veux marcher pieds nus. Je me mets à courir. Si haute ma confiance en lui. Ma sœur, ma mère, qui. Qu'est-ce qui m'a pris de tout gober ? De ne pas voir, un seul instant, son double jeu ? Que tous mes os se brisent et que ma vie s'arrête. Il m'a tout pris. Nous nous aimions si forts. De moi, il ne reste plus rien.

Qu'est-ce qui m'a pris de me croire céleste et couronnée ? Moi, celle qu'il écrasait, en riant, de son talon ? Ma sœur, ma mère qui. Je ne suis pas la sainte, mais l'obscurcie. Je ne suis pas l'épouse, mais la reniée. La dévastée. Je l'aimais tant. Mon corps n'est qu'une terre aride. Seul le menteur s'y agrippe et y fermente. En moi, l'Alice du néant. Incapable de voir, encore moins d'ensemencer.

Déjà que je n'étais que cendres. À quoi bon continuer ? J'enjambe la balustrade. Les eaux, un peu plus bas, sont si parfaitement calmes. Un seul plongeon…

« Eh, toi, là-bas !! »

Cette femme qui court vers moi, qui me saisit, les yeux hagards :

« Qu'est-ce qui te prend de vouloir mourir ? »

Elle se met à me secouer, à me hurler dessus :

« Tu n'as donc pas compris ? Si tu meurs, tu engloutis tout ! »

Cette phrase ! Celle d'Ida dans mon rêve ! Comment peut-elle… Mais la femme me lâche sans plus me regarder et se met à courir vers un autre passant qu'elle vient d'apercevoir au loin.

Je me retrouve seule à contempler les eaux noires en contrebas. J'ai tellement envie de sauter. Cette femme en même temps. Cette phrase… Je bouge mon pied très lentement. Mon pied vers le vide. L'oiseau surgit. L'oiseau qui se pose tout à côté de moi et qui se met à me fixer de son œil.

Ouvert. Si ouvert.
Et si vaste.
Si beau.

Chapitre 27

Depuis qu'Anne-So lui a dégoté cette chambre, Alice n'en bouge plus. Du lever du jour jusqu'à la nuit, elle reste en boule sur le lit, incapable d'émettre le moindre son. Voilà six jours que sa voix est partie. Alice s'en moque. Quoi dire de toute façon ? Elle ne saurait même pas estimer depuis quand il a une histoire avec Émilie. Y a-t-il eu d'autres filles avant elle ? Alice a-t-elle été la seule pour laquelle il a échafaudé cette histoire de parents tortionnaires ? D'autres parfaites idiotes, comme elle, se sont-elles fait berner par ces conneries ? Que n'a-t-elle pas encore découvert qu'elle risque de découvrir ?

« Alice, cela fait près d'une semaine maintenant, tu dois manger. »

Tout la dégoûte. Ils étaient si heureux. Est-ce à cause de leur déménagement à Paris ? Non, il lui mentait déjà.

« Alice, c'est la panique dehors. Les médecins ne sont plus joignables. Il faut que tu manges, tu entends ? »

Six jours sans recevoir aucune nouvelle de lui, sans même entendre sa voix. Est-ce de ses mensonges ou de son manque qu'elle dépérit ? Parfois, elle est à deux doigts de lui envoyer un SMS avec ses trois petits cœurs.

Tout est si vide depuis qu'il n'est plus là. Il l'appelait si souvent, parfois jusqu'à cinquante fois par jour. Tant de sollicitations, c'est qu'il l'aimait, non ? Pourquoi, sinon, se montrait-il si jaloux ? Non, tout ne peut disparaître comme ça. Il lui manque si fort. Elle sait, c'est un menteur, elle ne devrait pas. Mais après tant d'années à vivre si proches. Oui, il y a eu Émilie… Et encore : y a-t-il vraiment eu Émilie ? Elle ne les a jamais vus s'embrasser. Non, bien sûr, elle n'est pas stupide à ce point : il y a eu Émilie. Tellement plus belle, tellement plus téméraire qu'elle. Alice est écœurée. Elle ne veut plus rien. Ou alors lui, si c'était possible. Mais cela ne l'est plus, n'est-ce pas ?

« Ta sœur et ta mère seraient contentes d'avoir de tes nouvelles. Tu es sûre, tu ne veux pas que je les appelle ? »

Alice fait non de la tête. Pourquoi, aussi, a-t-elle appelé Anne-So à l'aide cette nuit-là ? Sur le pont, celle-ci l'avait retrouvée transie de froid, les pieds en sang. Après, c'est comme un trou noir dans la tête d'Alice. Jusqu'à cette chambre.

Les jours passent. Alice, prostrée, ne mange toujours pas. À l'extérieur, les nouvelles sont catastrophiques. Chaque jour, par millions, des enfants s'endorment, provoquant la saturation de tous les hôpitaux et une carence mondiale de poches de nutrition parentérale. Pour les obtenir, des parents, affolés à l'idée que leurs enfants meurent de faim, n'hésitent plus à recourir à la violence, d'autres à voler. À la demande des gouvernements, toutes les écoles ainsi que la plupart des commerces et des industries restent fermés. Jusqu'à ce jour, aucun médecin n'a d'explication sur l'irruption de cette « peste infantile du sommeil ». Sur la Toile, les internautes se déchaînent. Quand ce ne n'est pas la faute des Chinois, c'est celle de la CIA ou des Russes, qui auraient laissé s'échapper un gaz chimique élaboré dans le plus grand secret. D'autres supputent que ces endormissements sont imputables à un virus qui se serait réveillé à la suite de la fonte du permafrost. Certains restent persuadés qu'il s'agit d'une attaque d'extraterrestres. Un bon nombre pensent, enfin, que Dieu signe, ici, le dernier acte de l'humanité.

Dans sa chambre, Alice, de plus en plus faible, trouve, chaque jour, le temps plus long. Qui, durant tous ces jours, pour la regarder ? Pour la réclamer ? Pour lui demander où elle se trouve ? Ce qu'elle fait ? Avec qui elle est ?

Toute sa vie était liée à lui. Chaque geste. Chaque décision. Elle était son centre. Il était tous ses repères. Où trouver sa place maintenant qu'il n'est plus là ? Il occupait l'espace, il était son espace ; il était sa main, son pied, sa bouche, sa parole, sa nourriture.

En l'aimant, elle possédait le monde.
En le perdant, tout part, tout meurt.

Alors, non, elle n'avalera rien, pas même une petite bouchée, ce serait alors admettre qu'une vie sans lui est possible. Rien que de l'imaginer, elle en a la nausée. Il est toute sa vie, ses horaires, ses pensées. Comment peut-on lui demander de tout gommer d'un trait ? Il a menti, c'est vrai. Il l'a même trompée. Mais ne l'a-t-il pas aimée ? Mal, certes, ou plutôt malhabilement, mais il l'a aimée et, indubitablement, il l'aime encore. N'attendait-elle pas, dans son ventre, leur enfant ? Certes, il l'a frappée, trompée, trahie, et elle devait réagir. De là à s'en aller pieds nus, comme ça ? Pieds nus, il n'a pas pu le voir, c'était dans le hall d'entrée de l'immeuble. A-t-il vu ses chaussures, au moins ? Pourquoi n'appelle-t-il pas ? La honte sans doute. Il est allé si loin. Partir, il le fallait. Mais maintenant ? Quoi faire ? Quoi reconstruire ? Et aller où ? Alors, non, non et non, elle n'avalera rien et qu'importe si elle se met en danger. Sans lui, elle n'existe plus.

Son histoire était alors si belle
Quand elle vivait dans l'ignorance et les ténèbres.

Volée de coups à la porte. Alice s'étonne. Anne-So ne lui a-t-elle pas dit qu'elle ne pourrait venir aujourd'hui ? Nouvelle volée. Lui ? Le cœur d'Alice se met à battre violemment. Elle le voudrait si fort. Non. Elle ne peut pas vouloir cela. Ne l'a-t-il pas… Troisième volée de coups. Alice se lève. Sa tête lui tourne. Voilà près de dix jours qu'elle n'a rien avalé. Elle ouvre la porte, reste un moment interdite face à sa sœur qui la dévisage, horrifiée.

« Non mais, Alice, tu t'es vue ? Tu as perdu combien de kilos ? T'es complètement folle ou quoi ? »

Elle force le passage.

« C'est ta copine, Anne-So, qui m'a appelée. J'ai acheté une pizza. Ah non, ce n'est pas la peine de faire cette tête. De toute façon, je ne partirai pas tant que tu n'auras pas mangé. »

Qui la délivrera du corps de cette mort ?

Hébétée, Alice la regarde passer un coup de balai, ouvrir la fenêtre, changer les draps, déblayer le coin bureau, y déposer le carton à pizza, l'ouvrir devant elle.

« Quatre parts pour moi, quatre parts pour toi. Demain, je reviens avec des vitamines et des sels minéraux, des courses aussi. »

Assise sur le lit, Alice se tait, hostile.

« T'as raison, fais la gueule, Alice. Tu sais quoi ? Cela m'arrange. Je vais enfin pouvoir te dire ce que j'ai sur le cœur. Je sais, tu n'en as rien à foutre, tu ne m'aimes pas. Moi non plus, tu sais, je ne t'aime pas. Tu m'as toujours rejetée avec une telle violence. OK, je n'étais pas facile. J'ai même été parfois très chiante, mais, entre une grande sœur qui t'exècre, une mère qui coule régulièrement à pic et un père dont tu ne te souviens même pas, j'avais quelques bonnes raisons de l'être, non ? »

Alice, toujours aussi butée, ne répond pas. Comme si elle avait besoin de tout ce déballage. Valentine, imperturbable, continue.

« Tu n'étais pas la seule à étouffer, Alice. C'est une des raisons pour lesquelles je suis partie. Je n'en pouvais plus de toi, de maman. Pour chercher des réponses aussi. Rencontrer mon père. »

Alice tique.

« Notre père, oui, pardon. »

Valentine se met à rire.

« Note que, parfois, j'en doute. Mais bon, là, je m'éloigne… Ces cinq années d'absence m'ont permis de comprendre tant de choses. »

Elle laisse passer un silence, fixe Alice qui n'a pas bougé.

« L'arrachement que cela a dû être pour toi quand tu es arrivée ici, par exemple. »

Elle va continuer encore longtemps à remuer la merde ? Valentine plante ses yeux dans les siens.

« La dépression de maman, ce n'est pas à cause de lui, tu sais ? »

Alice sursaute malgré elle.

« Moi aussi, je l'ai cru, mais non, elle est comme ça depuis son plus jeune âge. Les premières années de leur mariage, elle allait mieux, puis elle a de nouveau sombré et rien n'y a fait. Il a fini par ne plus supporter de la voir comme ça. Il a rencontré une autre femme et il a eu besoin de tout effacer. »

Tout effacer ? Valentine lâche un soupir.

« Notre père s'en fout de nous, Alice. Il a refait sa vie. Nous ne faisons plus partie de son existence. »

Dans la petite chambre, Alice voudrait lever le bras, crier à sa sœur, stop, tais-toi, arrête tout. Cela fait si mal. Tu me fais si mal. Mais Valentine n'est-elle pas venue pour cela, l'enfoncer, l'écraser de chagrin ?

« Venons-en à toi, Alice. »

Alice la jauge sans plus contenir sa colère. Valentine soutient son regard.

« À toi, oui. »

Elle se remet à rire.

« Quand j'y pense ! Tout le mal que tu m'as fait ! Je ne sais même pas si tu as honte, si même tu te rends compte des dégâts… Tes yeux, Alice, il suffit que je les croise en rêve pour que je me réveille en frissonnant d'angoisse. Et tout ça, pour rien ! »

C'est ça, pour rien ?! Comme si…

« J'ai un sacré scoop, Alice. Tu veux l'entendre ? »

Alice, plus fermée que jamais, ne cille pas. Valentine part d'un rire amer.

« S'ils sont revenus en France, ce n'est pas à cause de moi, mais de toi ! Attends, laisse-moi aller jusqu'au bout, veux-tu ? Les premières années, ils étaient si contents d'avoir trouvé cette femme, Ida, pour te garder. Tu passais le plus clair de ton temps avec elle et, dans ce village de pêcheurs où elle habitait, tous t'aimaient. Tout se passait on ne peut mieux. Peu à peu, cependant, tu as échappé aux parents. Tu refusais de plus en plus souvent de rentrer à la maison et, sans prévenir, tu partais des journées entières dans des endroits infestés d'animaux dangereux. Au village, tous disaient que tu avais un don. Là aussi, au début, cela a plu aux parents. Et c'est vrai que tu avais quelque chose avec les animaux. Tu arrivais à calmer les chiens les plus agressifs, tu apprivoisais facilement les oiseaux. Sans montrer aucune crainte, tu attrapais à mains nues certains serpents. Tu disais que tu leur parlais, que tu entendais leurs pensées. Tu te souviens de cela ? »

Elle paraît si sûre d'elle…

« C'est là qu'ils ont commencé à avoir peur. Certaines nuits, au village, tu te rendais à d'étranges fêtes avec Ida. Un soir, les parents sont venus te chercher et ils t'ont découverte, en transe, au milieu d'une petite foule qui tapait dans des tambours. Tout ton corps tremblait. Tes yeux étaient révulsés. De tes lèvres s'échappait un filet de salive blanche. Autour de toi, les gens t'encourageaient en criant. Ta bouche a alors émis un son très rauque qui s'est amplifié au fur et à mesure, au point de devenir une sorte de chant formidable qui, en moins d'une minute, a généré une transe collective. Tu n'avais pas dix ans. Tu t'en souviens, de cela ? »

Alice secoue la tête, de plus en plus troublée. Un chant ?

« C'est à cause de ce qu'ils t'ont vue faire que les parents ont pris la décision de revenir en France. Ils ont eu peur pour toi, Alice. Pour ta santé mentale. Pas pour moi. »

Tout tremble soudain si fort.

« Cette Ida, j'ai eu envie de la rencontrer. Mais, aujourd'hui, elle vit en pleine forêt, comme retirée du monde. Dans la région, tous la considèrent comme une sorte de sainte.

– Une sainte ?! »

Ce cri qui lui échappe.

« Il y a quinze ans, un holding pétrolier a voulu mettre la main sur ce bout de côte sauvage avec expropriations massives, destruction de la faune et forages à la clef. Durant dix ans, c'est Ida qui, sans relâche, a mené la lutte. Elle a fini par obtenir gain de cause après avoir survécu, par miracle, à trois tentatives d'assassinat. Aujourd'hui, toute cette côte est classée. On l'appelle la côte du goéland. »

Alice fixe sa sœur sans parvenir à y croire.

« C'est Ida qui lui a donné ce nom.

– Mais… enfin, pourquoi ?

– Je ne sais pas, sans doute à cause des milliers de goélands qui y trouvent refuge. Quelle importance. »

Une telle convergence de signes…

« À force d'enquête, je suis parvenue à remonter jusqu'à l'une des filles d'Ida, qui m'a dit que sa mère parlait souvent de toi. »

Cette émotion qui remonte en elle.

« Elle disait que le destin avait voulu que ce ne soit pas ses enfants, mais toi, Alice, qui aies le don.

– Le don ? Quel don ?

– Ida refusait d'en parler, même à sa fille. »

Chute vertigineuse. Comme si on la poussait. Valentine extirpe de son sac un bracelet multicolore.

« Tiens, il appartenait à Ida, sa fille me l'a donné pour toi. »

Alice fixe le bracelet sans oser le toucher. Valentine le lui passe au poignet.

« Il est à toi. »

Ces larmes qui coulent sur ses joues. Elle voudrait pouvoir remercier sa sœur. Valentine pose la tête contre son épaule.

« Voilà, je t'ai tout dit. Tu peux manger maintenant. Après, je m'en irai. »

Chapitre 28

Sont-ce toutes ces larmes qu'elle a versées ces dernières nuits ? Le bracelet d'Ida ? Les confidences de Valentine ? Ce matin, lorsqu'elle s'est réveillée, sa voix, comme par magie, était revenue.

Il lui a fallu, toutefois, trois jours de plus pour se remettre à manger normalement. Trois jours durant lesquels il a, enfin, cherché à la joindre. Il ne l'a donc pas oubliée. Elle compte encore à ses yeux. Elle n'est pas folle. Elle n'a pas tout inventé !

Cet étau qui se desserre et qui, se desserrant, libère sa colère. Comme s'il lui avait fallu retrouver un minimum d'amour-propre pour qu'elle puisse enfin éclater. Vingt fois par jour, Alice doit se faire violence pour ne pas le rappeler. Mais elle n'est pas encore prête, elle le sait.

« Tu as bloqué son numéro ?

– Non.

– S'il te plaît, fais-le, Alice. Si tu veux te sentir mieux, tu dois te tenir, au maximum, éloignée de lui, tu entends ?

– Oui. »

Elle a tellement envie de l'appeler, pourtant. Alors, elle pourrait… Quoi ? Exiger ses excuses et revenir comme si de rien n'était ? Non, inenvisageable. Rompre, alors ? Il n'y aurait donc jamais rien eu de vrai dans leur amour ? Comme si, pendant toutes ces années, elle avait pu prêter le flanc à un dessein aussi diabolique ? En boule sur le lit, Alice préfère ne plus y penser en attendant l'arrivée de sa sœur ou celle d'Anne-So.

Entre ces deux-là, le courant est immédiatement passé. Un truc qu'Alice ne pige pas, mais tant de choses… Sa sœur, à laquelle elle ne parvient toujours pas à pardonner. Anne-So, qu'elle remercie à peine. Sa mère, en larmes, l'autre jour, et dont elle a, à peine, accepté les baisers. Berthet et les filles du bureau, dont elle ne daigne même pas prendre des nouvelles. La liste est longue, elle pourrait continuer longtemps comme ça. Elle est encore si loin, repliée sur elle-même. Si encore « collée » à lui malgré ses violences. Du monde, rien ne l'atteint vraiment, si ce n'est sa voix, son corps, sa rage, son désir.

Dehors, les nouvelles sont désespérantes. De part et d'autre de la planète, on dénombre plus de quatre cent quatre-vingts millions d'enfants endormis, or aucun médecin n'a trouvé d'antidote pour les réveiller et la « peste du sommeil » se propage toujours… En France, l'armée est dans les rues. Les chômeurs et les prisonniers ont été réquisitionnés pour aider à la fabrication quotidienne de quatre millions de poches de nutrition parentérale.

Au milieu de ce chaos, Berthet lui laisse un message pour la prévenir qu'il rouvre le bureau.

« J'espère vous revoir. J'attends, avec impatience, votre réponse. »

Mais tant qu'elle ne sort pas de cette chambre, Alice est sûre de ne pas tomber sur lui avec Émilie. Alors, non, elle préfère décliner l'offre de Berthet et rester, aussi longtemps que possible, blottie dans cette bulle.

*

Rêve.

Alice sombre à nouveau dans le bras mort de la rivière aux mangroves. Tout au fond, elle tombe sur la même petite fille allongée sur le dos, les bras en croix, les yeux fermés. Alice s'approche d'elle et se met à la secouer.

« Réveille-toi ! »

La petite ne bouge pas. Un poisson d'or surgit. Alice le fixe, émerveillée. Ida avait raison. Il existe pour de vrai. Alice tend la main pour l'attraper. Le poisson d'or se laisse faire. Alice se met à le bercer quand la petite lui saisit la main en lui demandant de bien regarder autour d'elle. Ce qu'Alice fait, pensant découvrir d'autres poissons d'or. À la place, elle découvre des millions d'enfants endormis jusqu'à l'horizon. Alice se frotte les yeux. Elle se retrouve dans son bureau, entourée de la foule des saints de son précédent rêve, qui, tous, d'une seule et même voix…

« Qu'est-ce que tu attends ? »

Elle les regarde sans comprendre.

« Chante ! »

Elle secoue la tête, ahurie. De quoi parlent-ils ? Chanter, en plus, cela n'a aucun sens. Tous, soudain, disparaissent de la pièce. Alice court à la fenêtre. Quelle n'est pas alors sa stupeur de découvrir sur les trottoirs, les toits et jusqu'à l'horizon des millions d'Alice endormies ! Effrayée, Alice serre fort le poisson d'or contre elle. Le poisson d'or qui la fixe tristement et dans l'œil duquel elle plonge quand, au loin, retentit une sonnerie…

Dans la chambre, Alice ouvre les yeux. La sonnerie persiste. Qu'est-ce que…. Son téléphone ! Alice prend l'appel sans réfléchir.

« Allô ?

– Bonjour, c'est Magda Demir. »

Magda, la petite fille, le centre, Ida. Tout s'embrouille dans sa tête. Ce rêve l'a ébranlée.

« Vous m'entendez ?

– Oui…

– Je voulais juste vous prévenir qu'Élodie s'est endormie aujourd'hui.

– Élodie ?

– La petite fille qui vous avait enlacée et qui souhaitait vous revoir. »

La petite fille de son rêve.

« Mais vous n'avez jamais donné suite… Je tenais juste à vous prévenir. Pour le reste…

– Le reste ? »

Magda soupire à l'autre bout du fil.

« Je vous attends, vous passez quand vous voulez. Au revoir, Alice. »

Elle reste un long moment incapable de raccrocher. Cette frayeur en elle tout à coup. Pas celle de sa violence à lui, non : une peur bien plus énorme, abyssale même, où il n'existe même pas, ni les autres d'ailleurs. Juste elle, Alice. Elle seule face à… Elle se lève d'un bond. S'habiller. Sortir. Oublier ces conneries. À force de rester cloîtrée, aussi. Attraper son manteau. Ouvrir la porte. Foncer au bureau.

Dans la rue, le choc est énorme. Tous ces gens, à genoux et en prière. Certains, en train de chanter, d'autres en larmes. Devant les entrées des immeubles, des milliers de bâtonnets d'encens et de bougies allumées. À chaque coin de rue, elle croise des CRS et des militaires en faction. À croire qu'on a basculé en pleine guerre. Les magasins sont quasiment tous fermés et, à l'exception des gourous, des dévots et des mystiques de la dernière heure, les rares passants qu'elle croise ont tous l'air hébétés. Partout les murs ont été tagués. « La fin du monde, c'est pour demain ! / Après nous, *game over !* / À force de dormir, on les a endormis ! / McDo, t'as mis quoi dans tes burgers ? / Petit frère, je t'aime. / On va tous disparaître et Dieu s'en fout. »

Sur le pont, l'oiseau n'est pas là, mais sans doute est-ce à cause de ce groupe d'une vingtaine d'illuminés, tous habillés de rouge, qui tapent des mains et des pieds en agitant des sortes de clochettes. Alice s'éloigne aussi rapidement que possible, atteint, en nage, la rue du Cloître-Notre-Dame.

À sa vue, Berthet ne peut s'empêcher de pousser un cri de joie.

« Venez, mon petit, que je vous serre dans mes bras. En vous sachant ici, je suis sûr que les autres finiront tous par rappliquer. »

Alice le jauge, stupéfaite.

« Comment ça, rappliquer ? Ils ne sont pas là ?

– Vous êtes la seule, Alice. Anne-So, Mme Grout, Isabelle et Sandrine sont au chevet de leurs enfants. Nos trois vicaires généraux tentent, comme ils peuvent, de calmer les curés de leurs paroisses. Mlle Lavandin ne répond plus au téléphone. Charlotte et le père Fidel s'occupent des enfants abandonnés par leur famille.

– Mais comment on va faire si… »

Il l'interrompt en levant les bras.

« La vraie sagesse, Alice, c'est de vivre le dernier jour comme s'il s'agissait d'un jour normal. Voulez-vous essayer ? »

Tout, oui, plutôt que de retourner dans la chambre et de replonger, à nouveau, dans ce rêve. Il se frotte les mains de plaisir en la voyant acquiescer.

« Parfait ! Apportez-moi les dossiers de nos cinq futurs béatifiés et celui de l'abbé Guérin, s'il vous plaît. J'ai hâte que vous me parliez de la petite Anne-Gabrielle Caron et de Jeanne Garnier, ah oui, il faudra également que nous nous entretenions au sujet du dossier d'Ida Leyrat. Ah mais, quelle joie de vous savoir ici. »

Les jours défilent. Face aux progrès d'Alice – elle ne l'appelle pas, elle se rend tous les jours au boulot, elle mange –, Anne-So et Valentine espacent leurs visites. Dehors, en revanche, la panique gagne du terrain. En moins de dix jours, on est passé de cinquante pour cent d'enfants endormis à soixante-cinq pour cent.

L'effarement et la stupeur se lisent sur tous les visages. Des foules se convertissent en masse et se ruent dans les églises, les mosquées, les synagogues, les temples ou encore devant la pyramide du Louvre, au pied de certains arbres uniques, et même dans la Seine pour des rites de purification collective. Des parents n'hésitent pas à déposer le corps de leurs enfants endormis devant les portes des lieux saints en implorant les imams, les rabbins, les curés et les lamas de les bénir.

Chaque jour, il l'appelle : Alice ne répond pas. Cette jouissance qu'elle ressent à chaque fois que son portable vibre en affichant son numéro. Rien. Elle ne bouge pas. Savourant chaque seconde de ce renversement de pouvoir.

Oh, joie souveraine de la domination.
Qu'il geigne. Qu'il pleure.

Dans la petite chambre, la sonnerie de son téléphone retentit. Lui, une fois de plus ? Alice savoure. À la vue du nom de Magda, son visage se décompose. Elle sait très bien ce qu'elle cherche à lui dire. Seulement, Alice ne peut rien faire.

« Rien, vous entendez ? »

À l'autre bout du fil, Magda reste silencieuse. Alice sort de ses gonds.

« Puisque je vous dis que je ne suis pas elle ! »

Vie et miracle de saint Dominique Salvio – 1842-1857

Dès l'âge de cinq ans, il sert la messe et, tout au long de sa courte vie, il confiera souvent que Dieu le veut saint. À l'âge de quinze ans, il meurt d'un mal de poitrine en prononçant ces mots : « Oh ! comme c'est beau, ce que je vois ! » Il est le patron des adolescents.

Vie du serviteur de Dieu Taïssir Tatios – 1943-1956

Dès son plus jeune âge, Taïssir, dit « Toussi », atteint de myopathie, endure de grandes souffrances. Incapable de marcher, il passe le plus clair de ses journées en chaise roulante sur son balcon, au Caire, en profite pour discuter avec les enfants pauvres du quartier et leur venir en aide. Aux nombreuses personnes de toute religion avec lesquelles il aimait parler de sa foi, il disait : « La meilleure preuve de l'existence de Dieu, c'est ma joie. » Il meurt à l'âge de treize ans.

Vie et miracle de saint Carlo Acutis – 1991-2006

Né d'une famille de grands bourgeois non pratiquants, Carlo développe, très jeune, une profonde piété. Dès sa première communion, à l'âge de sept ans, et jusqu'à sa mort, il se rend quotidiennement à la messe. Passionné d'informatique, il crée, à l'âge de dix ans, des sites Web pour son école, pour différentes paroisses et même pour le Vatican. À l'âge de onze ans, il décide de créer une exposition numérique sur les cent trente-six miracles eucharistiques. « L'eucharistie, répétait-il, est mon autoroute pour le Ciel. » Cette exposition lui coûtera quatre ans de travail acharné et sera montrée pour la première fois le 4 octobre 2006. Mais, à cette date, Carlo est hospitalisé pour, croit-on, une grosse grippe, qui s'avérera une leucémie foudroyante. Il meurt le 12 octobre 2006, à l'âge de quinze ans.

Depuis, son exposition a été présentée dans plus de dix mille paroisses à travers le monde et continue toujours de voyager. Son corps est aujourd'hui exposé à Assise. Il est communément surnommé : le « geek de Dieu ».

Chapitre 29

Cette fatigue intense qu'elle continue parfois d'éprouver. Anne-So et Valentine tentent de la rassurer.

« Il t'a fait subir une telle pression pendant toutes ces années.

– Ton besoin de dormir, c'est bon signe. Tu te détaches de lui. »

Mais alors pourquoi son sommeil est-il de plus en plus agité ?

Fort heureusement, il continue de l'appeler. Et comme elle aime l'entendre l'implorer de décrocher. Tout d'elle, alors, s'apaise. Anne-So et sa sœur s'alarmeraient d'apprendre la chose. Alice est tout à fait guérie de lui, pourtant. Elle a juste besoin de l'entendre souffrir, c'est tout. Ce qu'il lui a fait endurer quand elle y pense !

À la demande de Berthet, au bureau, elle organise cette grande messe de béatification comme si elle allait avoir lieu et c'est assez irréel. Ni Rome ni aucun des postulateurs et officiers d'enquête n'ont daigné lui répondre et ce, malgré ses multiples relances. Berthet fulmine.

« Et ça se dit disciples du Christ. Quelle bande de faux jetons. À se demander à quoi ils croient. Vous avez peur de la mort, vous, Alice ? »

Moins une et elle sautait de ce pont. Mais tout cela est si loin.

« Un peu, oui. Pas vous ? »

Il la regarde avec ce sourire triste.

« Moi, c'est la solitude qui me terrifie. La mort à côté, et même la fin du monde, c'est peu de chose, mais vous êtes si jeune, vous ne pouvez pas comprendre.

– La mort, en même temps, c'est se retrouver très seul, non ?

– Oui, enfin, non. Pas si vous croyez à la vie d'après. »

Elle hésite un instant, le jauge en se disant qu'ils ne sont plus à cela près.

« Vous y croyez, vous ? »

Cette étincelle de surprise dans ses yeux.

« Oui, bien sûr, pas vous, Alice ?

– Je ne sais pas, non... J'aimerais bien pourtant.

– Ce genre de choses, vous savez, ça vient en aimant. »

Elle lui adresse un regard étonné. Il lui sourit.

« En aimant, oui, mais totalement. À la façon des saints, Alice. Difficile pour les petits bourgeois que nous sommes tous devenus. »

Il soupire.

« Dieu, c'est le risque maximal. »

Elle reste, un moment, songeuse.

« Je l'ai quitté, vous savez.

– Je suis heureux que vous m'en parliez. Anne-So me l'avait dit. Vous tenez le coup ? »

Elle hausse doucement les épaules.

« Ça va. »

Il pose la main sur son bras.

« Il ne valait rien. Vous avez bien fait. »

Un lourd silence dans la pièce.

« Bien, que faisons-nous avec Ida Leyrat ? »

Alice tressaille. Ida ! Elle l'avait presque oubliée.

« Nous sommes d'accord, on clôt le dossier, n'est-ce pas ? »

– Non, surtout pas ! »

Ce cri. Berthet la jauge, très surpris.

« Je ne comprends pas, vous étiez la première à…

– Je sais, mais… Quelque chose me dit qu'il ne faut pas clore.

– J'en prends acte. Mais c'est bien parce que c'est vous, et puis, avec tout ce qui se passe, on n'est plus à un emmerdement près, non ? »

La situation mondiale s'aggrave : plus de quatre-vingts pour cent d'enfants se sont endormis. Des milices non gouvernementales et des sectes éclosent à tout bout de champ, provoquant des désordres et des violences sans précédent. Chaque pays est confronté à son lot d'émeutes et de suicides. En France, la vingtaine de viols perpétrés, en moins de six jours, sur des enfants endormis a semé la terreur. Depuis, certains parents ne sortent plus, de peur de laisser leurs enfants seuls, d'autres craquent et les abandonnent. Dans les rues, des bandes d'extrême droite accusant les enfants de migrants d'être à l'origine du fléau échangent des tirs à l'arme lourde avec l'armée. Des groupuscules d'extrême gauche, eux, profitent de la sidération collective pour saccager et piller des entrepôts Amazon, des McDonald's et des banques. Partout, la colère éclate. Colossale. Partout, on prie, on accuse, on hurle, on casse.

Depuis qu'elle est retournée travailler, jamais Alice n'a vu autant de bougies allumées sur le pont. Plus de dix mille, aujourd'hui, peut-être. Et toujours cette multitude de gens, assis par terre, en pleurs ou alors bras dessus, bras dessous, formant des rondes et récitant des mantras. Le long des quais, des camions de l'armée remplis de soldats prêts à dégainer au moindre éclat. En revanche, toujours pas le moindre signe de « son » goéland. Est-ce parce qu'il pressent la fin du monde, lui aussi ? Ces derniers temps, tant d'animaux ont déserté la ville. Mais peut-être est-ce parce qu'elle n'est toujours pas allée voir la petite Élodie. Elle ne sait pas pourquoi, elle se dit cela tout à coup. Quel dommage. Elle aurait tant aimé plonger dans l'oeil de l'oiseau.

Flotter. Immense.

Lui raconter tout ce qu'il lui a fait, sa peur aussi de la vie qui arrive, cette sensation d'être passée à côté de tant de choses, de n'avoir aucun but, d'avoir si incroyablement tout raté. N'est-il pas temps que tout cela se termine ?

À l'autre bout du fil, Anne-So tente de la raisonner.

« Non, Alice, c'est encore trop tôt. Laisse-moi y aller à ta place.

– Je n'ai que deux sacs d'affaires à chercher. Cela va me prendre maximum dix minutes.

– Tu es sûre de toi ?

– À cette heure, il ne sera pas là.

– OK, mais appelle-moi dès que tu l'as fait. »

Aujourd'hui, les errements sont corrigés
Le soleil sans déclin, enfin, se lève sur le monde.

Elle monte l'escalier, déterminée, atteint le sixième étage. Elle sort la clef. Elle entre. Il n'est pas là, elle en était sûre. Elle fonce vers la chambre, mais, en ouvrant la porte, elle se fige. Là, dans le lit, ce corps endormi... Elle allume la lumière. Il ouvre les yeux, le visage trempé de sueur. Elle s'approche de lui. C'est à peine s'il semble la reconnaître. Elle touche son front. Brûlant. Des boutons partout sur son visage. Elle étouffe un cri. Il la fixe, hagard. Fuir ? Il ouvre la bouche, réclame de l'eau dans un râle. Depuis combien de temps est-il comme ça ? Les draps sont trempés. Partir ? Et s'il mourait ? Appeler Anne-So peut-être. Il se remet à grelotter.

« À boire, s'il te plaît. »

Elle part vers la cuisine. Chancelante. Remplit un verre, le lui apporte. Il lui souffle un merci à peine audible, le boit d'un trait, puis se rendort brusquement.

Ô puissances ennemies redoutables !

Deux jours et deux nuits qu'elle le veille et il va déjà mieux. Au téléphone, Valentine ne se contient plus.

« Après tout ce qu'on a fait pour toi, c'est ça, ta façon de nous remercier ?

– Puisque je te dis que je reviens dès qu'il est guéri.

– C'est ça, Alice, fous-toi de ma gueule.

– Je te jure…

– Tu sais quoi ? T'es trop conne. Salut ! »

Anne-So est effondrée.

« Je n'aurais jamais dû te laisser y aller.

– Il s'est vu mourir. Ç'a a été comme une révélation pour lui. Il ne cesse de me demander pardon depuis. »

Anne-So se met presque à crier.

« Alice, cet homme a pactisé avec le diable. »

Alice ne peut s'empêcher de rire. Le diable ? Anne-So explose.

« C'est ça, rigole. Jusqu'à ce qu'il te tue !

– Puisque je te dis qu'il a tout compris. »

Cette fois, c'est Anne-So qui part d'un rire nerveux.

« Vraiment ?

– Je te jure, il m'a tout expliqué. Il a été battu, pour de vrai, par ses parents, seulement il leur a pardonné il y a peu et il n'a pas osé me le dire.

– N'importe quoi.

– Et pour Émilie, il m'a dit qu'il était impardonnable.

– Et sa violence, alors ?

– Il ne supportait plus de devoir me mentir. Il a cru devenir fou. Mais il est un autre homme, désormais.

– C'est ça. Bien sûr. Bonne chance, Alice ! »

Jour après jour, il reprend du poil de la bête et Alice sent qu'il est temps de le quitter. Mais comment s'y résoudre alors que tout va, de nouveau, si bien entre eux ? Au bureau, Berthet la considère avec perplexité.

« Savez-vous ce que fit Jonas lorsque Dieu l'envoya prophétiser à Ninive pour que ses habitants se repentent ?

– Non.

– Il eut tellement peur qu'il prit la fuite sur un bateau. Conséquence : le jour même, une tempête terrible se déchaîna. Voyant leur fin arriver, les marins décidèrent de tirer au sort pour déterminer qui attirait sur eux un tel malheur. Quand ils comprirent qu'il s'agissait de Jonas, ils le jetèrent par-dessus bord. Aussitôt, les eaux en furie s'apaisèrent. »

Qu'est-ce qu'il lui prend de lui raconter cette histoire ? Berthet la scrute en plissant les yeux.

« La morale de ce récit, c'est que ce que Dieu veut, Il l'obtient, quitte à provoquer le pire des chaos pour l'obtenir. »

Quatre-vingt-dix pour cent des enfants du monde se sont désormais endormis. Dans le petit appartement, il est enfin remis sur pied. Il lui apprend qu'il a rompu son contrat avec Émilie, que dès demain il se met en quête d'un autre travail.

« En revanche, j'ai besoin de ta présence, ici, Alice. »

Elle le regarde sans comprendre.

« Si je te sais tout le temps partie, je ne vais pas y arriver. Il faut que tu arrêtes de travailler. »

Elle le fixe, interloquée.

« Mais… tu sais bien que ce n'est pas possible. »

Il insiste. Elle refuse. Alors, il part se coucher et elle se dit que c'est réglé.

Seulement, chaque jour, il revient à la charge, toujours plus énervé, toujours plus agressif. Jusqu'à, de nouveau, renverser les chaises. Fracasser les verres.

« Tu n'iras pas, tu entends. »

Tout cet argent qu'elle doit à la banque. Elle le supplie de se calmer. Rien n'y fait. Toujours plus enragé, il s'obstine.

« Tu restes ! »

Quand, sur tous les téléphones et dans toutes les télés, l'info tombe :

Ce matin, à 7 h 49, heure française, le dernier enfant éveillé du monde s'est endormi. Après lui, tous les bébés sont nés endormis, eux aussi.

Le commentateur, pris d'un sanglot, s'interrompt de lui-même.

« C'est fini. Ils ne sont plus là. Ils dorment tous. »

Ce coup qu'elle reçoit en apprenant la nouvelle. Comme si… Il la saisit par le bras, l'oblige à se tourner vers lui.

« Oh, je te parle ! »

Elle le dévisage, incrédule. Le moment est-il bien choisi ?

« Bien choisi ?! »

Elle va pour se dégager. Il l'en empêche en l'agrippant violemment.

« Tu ne pars pas d'ici ! »

Il la secoue avec force.

« Tu entends ? »

Ce froid glacial qui monte en elle. Ses mains qui la relâchent, ses yeux qui deviennent comme fous. Qu'est-ce qu'il… Elle n'a pas le temps de réaliser. Elle le voit foncer, tête baissée, dans le mur.

« Regarde ce que tu me fais faire ! »

Elle le fixe, interdite. Il repart en arrière, il recommence. Plus violemment encore cette fois. Cette blessure sur son front.

« Tu vois ?! »

Elle n'a pas le temps de lui répondre. Il reprend son élan et fonce encore et encore. Craquements de l'arête de son nez qui explose. De la peau de son crâne qui se fend. Non mais qu'est-ce qu'il… Ce sang sur son visage. Tandis qu'il recommence. Éclaboussant le mur, fou, fonçant, hurlant. Et qu'elle assiste, transie. Atterrée. Fracas de ses os. Sang, partout du sang. Là, sur son front, sur ses lèvres, sur ses vêtements et sur le mur, rouge vif. Taches et traces et gouttes explosives, frénétiques, partout dégoulinant. Peinture, peu à peu gigantesque. Tandis qu'il fonce à nouveau et que son front tape ! Cogne ! Et que sa peau éclate. Sang encore et encore. Gicle ! Aspergeant le sol, le mur, Alice, les yeux d'Alice, le monde. Les recouvrant. Tandis que, pétrifiée, elle ne bouge pas, du moins pas encore, se peut-il que…. Halluciné, il s'élance une fois de plus, maculant tout, le mur, Alice, le monde.

« Tout de ta faute, tu entends ? Tout ! »

Ce puzzle tout à coup. Là, si clair, face à elle, sur le mur. De sang. Tandis qu'il fonce encore et encore en la traitant de pute.

« Arrête ou tu vas devoir aller à l'hôpital. »

Ce ton si détaché avec lequel elle lui a parlé. Il se fige, une fraction de seconde, la regarde, les yeux révulsés. Sang partout sur ses lèvres. Pointant son doigt sur elle.

« T'as raison, ne fais rien, bouge pas ! »

Il reprend son élan. Il fonce. S'écrase contre le mur. Se tourne à nouveau vers elle, hagard.

« Tu veux ma mort ? Tu vas l'avoir, salope. »

Ce non qui monte, alors, en elle et qui s'élève. Massif. Ce « non » à l'intérieur de sa bouche et dans ses yeux, ce « non » sur ses cheveux et dans ses pores et sur sa langue. Tandis qu'elle amorce un début de rotation sur elle-même.

Nettement, si nettement.

Ce « non » tout au fond de son sexe qui partout, en elle, se dresse. Furieusement.

NON !

Récapitulant. Rassemblant. Tout. Tandis qu'elle se détourne du mur, du puzzle, du sang. De lui, enfin. Lui qui part d'un rire dément. Recule. Fonce à nouveau. Lui, qu'elle ne voit plus tandis qu'elle ouvre la porte et sort de l'appartement. Lui qu'elle n'entend plus tandis qu'il gueule son nom. Alice ! Son nom qui résonne jusque tout en bas de la cage d'escalier. Sa cage.

Rien. Elle ne se retourne pas.

Il court après elle. Il la secoue.

Rien. Elle ne réagit pas.
Il l'insulte. Et même la frappe.
Rien. Elle continue d'avancer.

Première volée de marches, premier palier.

Qu'est-ce qui m'a pris aussi ?

De consentir jusqu'à cela. Alors que j'amorce la descente et que je vois enfin ! Mur. Clarté. Dessin. Éclaboussures. Là, sur le mur. Notre histoire. Mon histoire. Puzzle immense de sa domination. Comme si, dans cette rue, lors de notre première rencontre, il était tombé sur moi par hasard. Comme si nos regards s'étaient croisés par pure coïncidence. Comme si, des semaines durant, il n'avait pas attendu que Geoffrey me largue. Comme si, tapi dans l'ombre, il n'avait pas guetté ma chute avant d'enfin surgir et de planter ses griffes. Lui, le charognard. Moi, sa nourriture profane. Comme si, dès le début, il ne s'était pas repu de mes larmes. Comme s'il n'en avait pas joui. Comme si, m'entourant de ses bras pour soi-disant me consoler, il n'avait pas, dès la première caresse, cherché à m'isoler. À me soustraire. À me déposséder.

Qu'est-ce qui m'a pris ?

Tandis qu'il m'engloutissait. Moi, sa viande. D'avoir pris ses perpétuelles injonctions pour du désir, ses continuelles sommations pour de l'amour ? Combien d'années à s'acharner sur moi ? À me critiquer, me dénigrer ? Me disloquer ? Combien de mois ? De jours ? À se gorger de ma débâcle ?

Qu'est-ce qui m'a pris ?

D'avoir pensé que ma résignation – mon abaissement ! – finirait par avoir le dernier mot. D'avoir tant cherché à le sauver. Lui, cet abîme. Comme s'il était possible d'affronter, seule, une telle puissance d'obscurcissement. Comme s'il était possible de la renverser.

Mais tout est fini.

Face au mur de sang, le masque est tombé. Tandis qu'il hurle Alice dans la cage d'escalier et que je continue de descendre. Et que le « non », partout en moi et dans ma chair et jusqu'au bout de la ville. Prend feu.

Deuxième volée de marches, deuxième palier.

« Alice, putain ! »

Sortir du piège. Ne surtout pas me retourner. S'extraire, un peu plus, à chaque pas, de sa prédation. Poursuivre, obstinément, cette marche qui, au fur et à mesure que je descends, m'élève. Écartant, chassant la nuit. Sa nuit.

Rejoindre la distinction.

« Salope ! »

Annuler le récit. Son récit. Trouver en soi l'audace de le jeter d'un bloc à la poubelle. Tout abolir jusqu'à ce « nous » auquel il m'a fait croire depuis notre premier baiser, jusqu'à ses cris, là-haut, qui traversent la cage. Ma cage. Sa cage.

Jusqu'à l'idée de notre amour
De sa hauteur que je croyais sublime

Tout effacer. Tout réécrire. Depuis cette pluie de signes que je n'ai pas voulu voir. Tant, pourtant ! Cette médecin à l'hôpital : « Vous dites avoir reculé, mais devant quoi, devant qui ? » Ce job si étonnamment dégoté à la cause des saints. Berthet, si perspicace. Anne-So, si clairvoyante. Radegonde fuyant l'hyper-violence de son mari. Geneviève et son « baisse-toi ! ». Cette femme, gare de Lyon : « Madame, il ne faut pas rester avec cet homme. » Lui, pendant ce temps, toujours plus jaloux, toujours plus violent. Tous ces signes que je n'ai pas su. Que je n'ai pas pu. Les assauts répétés de ma sœur : « Tu fais ta valise et tu le quittes », ceux de ma mère : « Ce mec de merde ! », l'homélie de Thiéret, la confidence du père Fidel, cette boule noire dans mon ventre, les enfants que je perds, l'étreinte d'Élodie, le cendrier et même ce flic : « Madame, si j'étais vous, j'attendrais demain », cette femme, sur le pont, juste au moment où je m'apprêtais à sauter : « Qu'est-ce qui te prend à vouloir mourir ? », le goéland, son œil si calme, Ida ! Tous ces signes que je n'ai su accueillir tandis que sa malveillance recouvrait tout de sa laideur. La ville. Mon corps : « C'est ça, fais ta victime ! », « Je vais te tuer ! » Tous ces signes tandis qu'il me mentait, qu'il me trompait, qu'il me désagrégeait tandis que tous les saints, leur folle lumière.

Regard posé sur moi depuis la nuit des temps.

Qu'est-ce qui m'a pris ?

Jusqu'à me croire l'un d'eux ! Comment ai-je pu être aussi présomptueuse ? Mais, face au mur de sang, le voile s'est déchiré et, désormais, je vois.

Ô sacrifice stérile.

Ces larmes qui jaillissent. Mes larmes. Tandis qu'il continue de hurler tout là-haut. Lui, la dévastation, et que je continue de descendre. Moi. Alice. Jusqu'à ce pardon pour moi-même avec ce non proféré depuis mes ongles. Mon œil. Ma bouche. Ce non du plus haut degré de l'amour.

Ô ce risque d'être haïe.

Lâchant tout : l'enfance sous les mangroves, l'arrachement d'Ida, le chagrin de ma mère, ma rage contre ma sœur, tous les échecs, tous les égarements.

Ô perte féconde.

Les déposant devant la porte derrière laquelle nul n'est innocent et à travers la nuit qui s'ouvre. La nuit dont je m'affranchis et dont je me dépouille.

Moi. Elle. Alice. L'humiliée.

Chutant, offerte, dans la lumière.

DERNIÈRE VOLÉE DE MARCHES, DERNIER PALIER.

ET MAINTENANT ?

Continuer de descendre toujours plus bas en moi-même, vers cet espace inouï du corps d'avant le récit, d'avant la filiation. Rejoindre l'Alice tout juste née. Non encore racontée. Quand elle ne se regardait pas encore ni ne se jugeait. Quand, juste, elle se déployait. Tandis que son corps à lui ne devient plus qu'une ombre. Rejoindre cet ouvert-là. Ce vivant-là. Quand tout n'était qu'apparition et que je possédais le monde. Moi. L'eau vive. La dépouillée de tout.

Oser l'Éden. Oser l'appel de l'Éden.

Tant de désastres à force de ne pas y consentir. Jusqu'à exciter la domination de l'autre sur moi. Jusqu'à l'entretenir. En avoir soif ! Moi, la proie. Sa raison d'être. Son Tout. Alors, dire oui, une fois pour toutes, de ce seul oui qui compte. Oui, depuis ce non tout juste forgé en moi. Oui à cet appel qui, depuis toujours, me fonde.

N'est-il pas temps ?

Ou alors engendrer toujours plus d'effroi et d'obscurcissement, toujours plus de peine et de capitulation au-dedans de mon corps et de ceux des millions d'enfants, des millions d'Alice endormies. Tandis que partout la nuit gagne du terrain. Par moi. À cause de moi. À l'instar de Jonas il y a plus de mille ans et de nous tous, si affamés, si vastes. Si incapables pourtant. Tandis que partout les éléments se déchaînent et que, de tous côtés, sur les trottoirs, les toits, les chambres, les plaines, ces millions d'enfants et d'Alice : leurs corps, le monde, mon corps. Par moi. À cause de moi. Repliés. Endormis. Et toujours plus encore. À force de ne pas consentir. Et jusqu'à l'achèvement des temps.

Alors, oser la grâce. Le revirement de la grâce. Oser cette audace. Ce saut.

N'est-ce pas ce que tous me réclament depuis tout ce temps ?

Sortir du champ du cendrier. De son anéantissement. Contrer le vide. Contrer l'épouvante. Lâcher, une fois pour toutes, la vision erronée. S'arracher de ce qui hurle à mort, de ce qui hurle la mort, de ce qui veut la mort. Devenir ce corps-là, lavé de toute fureur. J'ai tout perdu. Je me suis effondrée. Je me suis fait piéger. Mais je connais désormais le lieu du piège. Sa guerre. Sa noce. Sa sortie !

Alors descendre plus bas encore jusqu'à m'élever au plus insensé. Ramasser tout. Rassembler tout : le grand saccage, le goéland, son œil, Ida, le songe. S'ouvrir au poisson d'or. S'ouvrir à son issue. Commettre, avec les saints, ce pas de côté-là.

Inventer l'angle.

Et être. Devenir ce corps-là. Ce monde-là. Ces dieux-là. Je me suis endormie voilà si longtemps. Délaisser une fois pour toutes l'ascendance des ténèbres. Faire éclater l'Éden. Sa note. La mienne. Alice. Ne plus jamais céder à l'injonction du vain. Se redresser tout entière. Se réveiller. Lâchant toute réaction. Tout résultat. Entrer de plain-pied dans l'agir.

Exister.

Rejoindre le pourquoi je suis ici. Embrasser la folie de cette équation-là. Et qu'importe si cela n'a aucune logique. S'affranchir de toute ambition, toute place, toute concurrence, toute réussite, toute règle, toute loi, toute hiérarchie. Juste être. Tout le reste suivra. Mieux. Se redressera.

Oser cet amour-là avec eux tous, les saints.
Oser cette oblique-là.

Alors tendre les bras dans la vase, dans le ciel. Et chanter. Puisque tel est le don reçu et que je suis celle-là.

Chanter.

Ramasser tout. Rassembler tout. Devenir l'arc. La corde. Être ce corps-là. Ce monde-là. Prendre souffle, racine. Sortir du sommeil. Radicalement.

Chanter depuis l'en dedans jusqu'au-dehors. Depuis la part intacte où, si large de rêves, je cours pieds nus sur le sable, où nous courons tous. Rejoindre la transe de ce corps-là. Sa vibration. Sa vocation originelle.

Chanter.

Saisir le monde. S'emparer du monde. Réactiver le monde. Oser cette folie-là. Cette brèche. Jusqu'à devenir le lieu même de la bataille.

Et bien plus encore. Je sais maintenant.

Chanter.

Aller les réveiller eux tous, les millions d'enfants et Alice endormis.

Chanter. Faire monde.

Et qu'importe si on me traite d'insensée.

Chanter depuis ce corps infini qui s'ouvre en moi, en nous. Je sais maintenant. Nous savons tous.

Chanter. Tout délier, tout rouvrir. Jusqu'à faire étinceler le féroce. Oser ce corps-là. Ce monde qui les réveillera tous. Et qu'importe s'ils disent que je suis folle, que nous le sommes, nous tous. Et si je n'y parviens pas.

Martin, Geneviève, Sontag, Faustine et Rosalie ont-ils renoncé ?

Alors, chanter encore et encore depuis l'œil ahuri des crabes, Dieu, les saints, l'œil du goéland, Ida.

Chanter.

Oser resplendir. Depuis ce don total. Sans condition. Sans résultat.

Chanter jusqu'à la joie. La vérité de la joie.

Son risque maximal.

Et jusqu'à ce que tous reviennent : elles toutes, les millions d'Alice endormies, eux tous, les millions d'enfants endormis.

Tout raviver. Tout illuminer : le monde. Moi. Elle. Alice. Eux tous, les saints : chair, ciel, œil, épiphanie d'où j'émane et où je plonge.

Moi. Elle. Alice. Amour du monde. Lumière du monde.

Se réveiller.

Aimer de toute son âme, de toutes ses forces.

Exister.

Sans lui.

SOURCES

PSAUMES

La plupart des « psaumes » de ce livre ont été soit inventés de toute pièce, soit recomposés à partir d'un verset biblique déjà existant.

Certains, listés ci-dessous, ont été retranscrits à l'identique depuis le site https://topbible.topchretien.com :

p. 186 :
La nuit brille comme le jour et les ténèbres comme la lumière. Psaume 139.12.

p. 197 :
Que la lumière est proche quand les ténèbres sont là ! Job.17.12

p. 214 :
Réveille-toi ! Réveille-toi ! / Secoue ta poussière, debout ! Isaïe 52.1-2

p. 216 :
À toi dont la main a fondé la terre et la droite a étendu les cieux. Isaïe 48.13
Pour du néant, j'ai consumé mes forces. Isaïe 49.4.

p. 228 :
Jour de nuées et de brouillards. Joël 2.2

p. 231 :
Dégage ton cou de tes liens, captive ! Isaïe 52.2

p. 264 :
Aujourd'hui, les errements sont corrigés / Le soleil sans déclin, enfin, se lève sur le monde.

Anaphore de la bénédiction des eaux de saint Sophrone de Jérusalem.

*

VIES DE SAINTS

Les passages sur saint Christophe, saint Macaire, sainte Julienne et saint Thomas de Cantorbéry sont inspirés de *La Légende dorée* de Jacques de Voragine (traduction Teodor de Wyzewa, éditions Diane de Selliers, 2000).

Les passages sur sainte Geneviève sont inspirés du livre *Vie de Sainte Geneviève, patronne de Paris et du Royaume de France*, écrit par M. l'abbé P. M. B. Saintyves (éditions Pélagaud et Cie, 1846).

La prière à saint Expedit est tirée du site https://avecmarie.fr/priere-a-saint-expedit

Le passage concernant la vision de sainte Faustine Kowalska est tiré du site http://site-catholique.fr/index.php?post/Les-sept-souffrances-de-l-enfer-selon-Sainte-Faustine

Le passage sur sainte Radegonde et le miracle des avoines a été inspiré par le site http://www.biblisem.net/narratio/alanicma.htm

Les passages sur les enfants saints sont inspirés du livre *Jeunes et saints : un destin fulgurant*, écrit par André Bonet et Michel Bolasell (Artège, 2019).

Les passages sur Jeanne Garnier sont inspirés du livre *Jeanne Garnier, la vie jusqu'au bout*, écrit par Yann le Goaec et Guy de Buttet (éditions du Triomphe, collection « Le vent de l'Histoire », 2021).

Les passages sur la petite Anne-Gabrielle Caron sont inspirés du livre : *Là où meurt l'espoir, brille l'espérance*, écrit par Marie-Dauphine Caron (éditions du Sacré-Cœur, 2016).

Pour Ida l'ermite, je me suis inspirée de loin du très beau témoignage de sœur Catherine dans son livre *Récits d'une ermite de montagne* (éditions du Relié, 2019).

Enfin, pour l'ensemble de ce livre, je me suis également inspirée des volumes *Homélies I, II et III*, rédigées par l'évêque Jean de Saint-Denis/Eugraph Kovalevsky (éditions de Forgeville, 2019).

REMERCIEMENTS

En premier lieu, un immense merci à ma cousine Iona Stéfani sans laquelle ce livre n'aurait sans doute pas vu le jour. Non seulement, je lui dois de m'avoir fait découvrir l'existence du « bureau », mais de m'y avoir, en plus, introduite. Sans parler de son aide – tout aussi importante – pour m'expliquer les rouages de cette procédure. Tu as juste été formidable de bout en bout. Thank you so much !

J'en profite pour remercier toutes « les filles de la rue des Ursins », qui se reconnaîtront dans ces lignes. Merci du temps passé pour m'expliquer leur métier. Merci pour le bel accueil et les déjeuners dans la petite cour.

Merci à monseigneur que je ne nomme pas, à sa demande, et qui a été si ouvert. Si pétillant ! Si patient.

Merci à Catherine Prade et à Vivien Richard, qui risque d'être un peu déçu, mais on ne peut pas TOUT mettre (malheureusement !).

Je tiens également, et du fond du cœur, à remercier Yasmine Sadji, sans laquelle je n'aurais sans doute pas écrit les mêmes pages sur Alice et son bourreau… Merci infiniment pour le temps consacré, pour la confiance donnée, pour la clarté énoncée, pour ton courage enfin et ta si belle force. Fasse que tu aimes ces pages et qu'elles aident certaines à sortir de ce piège.

Merci à Anne-Laure Buffet pour ses remarquables ouvrages sur la question de l'emprise.

Merci à Mellie Michelle Arnaud, dont le nom m'a été soufflé par mon frère Nils Tavernier, merci à son association d'accueil de jour, « l'Abri », située à Montélimar, au travail formidable et si splendidement humain qu'elle y effectue.

Merci à la famille du « Cammas de Bonnet » et tout particulièrement à Alexandra Barton Gourlaouen qui, en m'ouvrant les portes de ce paradis, m'a permis d'écrire et de corriger, en partie, ces pages.

Merci à Jeanne.

Merci à Maud pour le grand « déblocage ».

Merci à Éliane D. pour l'envoi des textes.

Merci à la résidence d'écrivains De Pure Fiction, fondée par Isabelle Desesquelles, grâce à laquelle j'ai pu démarrer en silence, en beauté et en joie ce temps si particulier d'écriture.

Merci à la bourse Occitanie Livre et Lecture dont j'ai bénéficié.

Merci à Sabine Wespieser, ma formidable éditrice. Nous en voici au troisième et l'aventure est si magnifique d'exigence, d'intelligence, de partages, de rencontres et de générosité. Quelle chance j'ai.

Merci enfin à, toi, Xavier qui, jour après jour, a été sublime de patience. Après tous ces deuils, cette écriture n'a pas été facile. Mais tu n'as pas cessé d'être là, à mes côtés. Merci pour ton indéfectible soutien. Merci pour tout ton amour.

ACHEVÉ D'IMPRIMER
EN JANVIER 2024
SUR LES PRESSES
DE
L'IMPRIMERIE F. PAILLART
À ABBEVILLE
POUR LE COMPTE
DE SABINE WESPIESER ÉDITEUR

IMPRIMÉ EN FRANCE

NUMÉRO D'ÉDITEUR : 223
ISBN : 978-2-84805-506-0
DÉPOT LÉGAL : JANVIER 2024